転生崖っぷち宮女はクールな絶倫皇帝の溺愛花嫁になりました
陛下、独占欲がだだ漏れです！

東 万里央

✦

Illustration
すずくら はる

JN112568

gabriella books

この作品は書き下ろしです。

転生崖っぷち宮女はクールな絶倫皇帝の溺愛花嫁になりました
陛下、独占欲がだだ漏れです！

contents

第一章「転生したら貧民だった件」

――どの世界でも、いつの時代でも人は食っていかねばならない。そして、食っていくためには力がいる。

力には様々な種類がある。

皇帝になら権力が、屈強な兵士になら腕力が、美女になら魅力が、それぞれの力を金に替えて食い扶持を得ている。

さて、大焔帝国天宝十年《だいリョウていこくてんぽう》の春、首都東陽《とうよう》の下町の大通り。

それらのどの力もない、チビで痩せっぽち、おまけに色黒の少女が、下町の月曜市の出店の前で穀物店の店主と喧々諤々《けんけんがくがく》の口喧嘩を繰り広げていた。

通行人や買い物客が足を止め、皆大人と子どもの言い争いに注目する。

「なんだなんだ、何事だ」

「いや、あの女の子の口が達者でなぁ」

「おや、見覚えがあるよ。確か……」

少女年の頃は十歳前後だろうか。

大人のお古なのだろう。ブカブカでボロボロの生成《きな》りの着物を身にまとっている。土埃で薄汚れた長い髪は一つに束ねられていた。

店主が追い払おうとしているのだが、頑としてその場から動こうとしない。

「だーかーら、量が少ないって言っているの！　こんないたいけな子どもを騙そうだなんて、おじさん、随分みみっちい性格しているじゃない」

少女は子どもとは思えぬませた口調で店主に迫った。その手には粟の入った麻袋が握られている。

「私が支払ったのは銅銭八枚。粟なら一斤買えるはずなのに、十二両しか入っていないわ。四両も少ないってどういうことなの」

店主は顔を真っ赤にして「ええい、うるさい！」と怒鳴った。

「ガキに金と物の価値の何がわかる！」

「だって、銅銭半枚で一両の粟が買えるんでしょう。だったら、八枚なら一斤買えるはずじゃないの。それくらい、子どもにだってわかるわよ」

そう、二十一世紀の日本ならわかったのだと少女は拳を握り締めた。こんな簡単な四則演算など算数の基本中の基本で小学生でもできる。

だが、この世界の現在の自分にはあり得ないと見なされている。

貧民の娘がろくな教育を受けられるはずがないし、実際受けていない。

他人からすればまさか文字が読め、正確に計算できるとは考えもしないのだろう。

しかし、一週間分の食糧確保のためにも、病気がちな母のためにも引くわけにはいかなかった。

「おじさん、子どもを騙すケチな店だって噂を立てられたいの？　商売には品質だけじゃなくて信用も必要だって、三十年以上生きてきて学ばなかったの」

「……っ。ええい、しつこい！」

「ちょっと、隣の八百屋のお爺さん！　算木を貸して！」

八百屋の店主はこの勝負を楽しんでいるのか、喜んで算木を貸してくれた。

「ほいほい、どうぞ」

算木は焔で使われる計算用具だ。縦、または横に置くことで数を示す。

握れるサイズの木製の直方体で、一から五まではその数だけ算木を並べ、六以上になると一本だけ違う向きにしてそれで五を表した。

アラビア数字と同じく左に行くにつれ一の位、十の位、百の位……桁が上がり、この組み合わせにより四則演算を正確に計算することができた。

算木に慣れるまでには時間がかかったが、要するに算盤《そろばん》の元祖である。基礎さえ掴めば簡単に扱えた。

（元経理を舐めるんじゃないわ）

小梅《シャオメイ》は自分を見下ろし、睨み付ける穀物店店主に挑むように告げた。

「おじさんも算木くらい使えるんでしょう？　男の人で、もう大人なんだもの」

「ふ、ふん！　当然だろう！」

「なら、見ていてよ」

少女は皆に算木での計算が見えるよう、土埃の立つ地面に並べて自分の正当性を主張した。

「銅銭半枚で粟一両なら一枚で二両買えるってことでしょう。一斤は十六両。なら、銅銭八枚で一斤買えるはずじゃない。なのに、ほら。この麻袋には一、二、三……十二両しか入っていない。四両、つまり二十五パーセ……二割五分も少ない。おかしいでしょう？」

野次馬たちがうんうんと頷く。

「ああ、確かにそうだねえ」

「店主、子どもを騙しちゃ駄目だよ。将来玉の輿に乗って上客になったらどうするんだい」

「くっ……」

ようやく分が悪いと悟ったのだろう。店主は悔しそうに顔を歪め、四両分の粟を麻袋に詰め直し、乱暴に地面に叩き付けた。

口から粟が少々零れ落ちる。

「それでとっとと失せろ！」

少女は落ちた粟を詰め直すと、感心する野次馬たちの間を縫うようにして、素早くその場を立ち去った。

「ああ、そうだ。思い出したよ」

事の成り行きを見守っていた先ほどの通行人が、少女の小さく細い背を見送りながら頷く。

「確か、貧民街のあばら屋で暮らしている小梅だ」

「貧民だって？」

東陽内には裏通りに貧民街が多く、文字通り貧民があばら屋を建てて住み着いている。

少女――小梅はその一つに住んでいるのだと。

「貧民の割には賢い子だねえ」

「だろう？　うちの店にも日雇いで何度か手伝いに来たんだが、やはりああやって算木を使いこなして大分助かった」

「一体どこで覚えたのだろうな？」

通行人の一人が心底不思議そうに首を傾げた。

「没落した名家の娘か、追い出された商家の愛人の子といったところだろう。ほら、目の色がな。よくある話だよ。大方生家で学んだのではないか」

「いや、しかし、男子ならともかく女子だろう？　算木など教えるか？」

焔の貴族や富裕層の子女対象の教育は読み書き、礼儀作法、歌や踊り、詩文などで、数学を学ぶなどあり得ない。数学は男の学問だとされており、それを使う仕事も男のものだ。

二人は顔を見合わせて首を傾げた。

「う～ん、じゃあ、どこで勉強したんだろうな？」

とはいえ、小梅の出生の推理は大体当たっていた。

少女――小梅はある貴族と使用人の愛人との間に生まれた庶子だった。しかし、正妻に憎まれ幼い頃に親子ともども追い出されている。

確かに、そこまではよくある話だった。


「ただいま、母さん」

小梅は貧民街の一角にあるあばら屋のすだれを上げた。

「ああ、お帰り、小梅」

小梅の母は下級貴族だった父の正妻に追放されて以降、数年はなんとか仕事を見つけて頑張っていたのだが、一度病に倒れて以来ほとんど臥せっている。

代わってまだ十歳の小梅が家計を支えていた。

「粟を買ってきたから今からお粥を作るね」

「……いつも済まないねえ」

「やだ、母さん。それは言わない約束よ」

どこかで聞いたような会話だと思いつつ、小梅は麻袋と割れ鍋、綴じ蓋を手に外に出た。一週間前から乾かしておいた流木を積み上げて火を点け、壊れかけの桶に汲んでおいた雨水を割れ鍋に入れる。

ちょうどいい火加減になった頃割れ鍋を火に掛け、粟、川原に生えていた食べられる野草、塩、水を入れて綴じ蓋を置いた。

(ああ、お腹空いた。魚か肉もほしいけど、お金がないから我慢、我慢)

時折お玉代わりの木の棒で粥を掻き回しながら、この極貧生活にもすっかり慣れたなとしみじみする。

(一年前、前世の記憶を思い出さなければ、多分母さんと一緒に飢え死にしていたわよね……)


――半年前、小梅が十歳になったばかりのある夏の日のことだった。

小梅は水を得るべく割れた桶を手に外へ向かった。ちょうど雨が降っていたので、外に置いておけば溜められると思ったのだ。

しかし、小梅も暑さと栄養失調でフラフラしており、途中、濡れた石で足を滑らせて仰向けに倒れ、後頭部を思い切り打ってしまった。出血したらしく患部がズキンズキンと脈打っている。

そのまま放っておかれれば雨の冷たさで体温を失い死んでいただろう。

ところが、三十分ほど経った頃に馬に乗った二人連れの男が通り掛かった。一人が馬から下り足早に小梅に駆け寄る。

「おい、大丈夫か!」

「殿下、なりません。貧民などに情けを掛けてはきりがございません」

意識が曖昧で視界も薄暗くなっていたが、声や言葉遣いから判断するに、一人はまだ年若い高貴な身分の少年、もう一人はその少年の従者らしき大人の男だった。

少年が従者に反論する。

「きりがないのは確かだ。だが、今目の前にいる者くらい救うことができず、一体なんのための身分なのだ。なんのための権力なのだ。僕はもう、何もできぬおのれに我慢できないのだ」

「殿下……」

「それ以前に私の身分がどうあろうと、怪我をして困っている者を助ける――それは皇族以前に人としてあるべき道だろう」

少年の力強い説得に根負けし、従者が「かしこまりました」と溜め息を吐く。

「その娘をどうなさるおつもりですか？」

「さすがに禁城内には連れて行けない。……お祖父様の別邸の離れにしよう。君はなんという名だ？」

「……」

口を開いてなんとか声を出そうとしたが、力が出ず舌も喉も動かない。

少年は「ああ、いい」と小梅の頭を撫でた。

「お前は美しい藤色の瞳をしているな……」

小梅の背に手を回しそっと抱き起こす。

「すぐに手当てをする。安心しろ」

安堵したのか直後に意識が途切れ、気が付くと見知らぬ家屋の寝室に寝かされていた。

「ここは……」

看病をしてくれていたのだろうか。召使いと思しき中年の女性が小梅の目を覗き込む。

「あら、気が付きましたか。ここは――様のお屋敷です」

召使いが口にした主人の名は意識が朦朧として聞き取れなかった。

「……」

怪我だけではなく雨に濡れて風邪も引いたようで、頭が痛くて全身が火照る。

「ああ、動かないでください。怪我が少々膿んでおりまして、先ほど手当てをしましたので」

召使いは小梅に布団を掛け直した。

「こちらは薬湯です。痛みが取れますのでどうぞ」

「あ、ありがとう、ございます……」

女性に助けられ一口飲むと、薬草独特の爽やかな風味が鼻を通り抜けた。

「ゆっくり休んでくださいね」

いい薬草をふんだんに使った薬湯だったらしい。その薬効は思い掛けぬ作用を及ぼした。

降り続けていた雨が止み、雲の狭間から月が顔を出す。

「う……」

小梅は寝台で身動ぎをして頭を抱えた。

怪我の痛みも取れ熱も下がったのに頭痛だけが取れない。それどころか、時が経つごとに強く、激しくなっていく。

「あっ……！」

次の瞬間の一際強い痛みは、頭を斧で叩き割られたようだった。

直後に、膨大な情報の洪水が脳裏に流れ込んできたので目を見開く。

「なっ……」

膨大な情報はあっという間に小梅の人格を塗り潰していった。

「や……だっ！」

得体の知れない恐怖と強い痛みに悲鳴を上げて頭を抱える。それからどれだけの時が過ぎたのだろうか。ようやく頭痛が治まったので、手をついて体を起こす。

「江藤美雪《えとうみゆき》」は辺りを見回し呆然として呟いた。

「えっ……ここ、どこ？」——美雪は高校卒業以降、長らく菓子製造の中小企業で経理を担当していた。

十八歳から約十一年。それなりの仕事をし、それなりの給料をもらっていた。

もうじき三十歳になろうとする頃のこと。

社長から呼び出され、見合い話を持ち掛けられた。

『君はよくやってくれていると思うが、やはり結婚も必要なんじゃないかと思ってね』

『ですが、私は……』

『もちろん、断れないということはないから。取り敢えず釣り書きだけでも見てほしい』

一回り年上のバツイチの男だった。なんでも取引先で婚活中なのだとか。

『奥さんが子どもを置いて出て行ってしまったそうでね。すぐにでも結婚できて、家事育児ができる女性を探しているんだ』

美雪が若くして弟妹を育て上げたと聞くと、ぜひにと頼んできたのだという。

『結婚か……』

珍しく東京《とうきょう》にも雪が降ったその夜、美雪は帰り道で立ち止まり溜め息を吐いた。

見合いを断るのは難しいだろう。

なぜなら社長は、お局となり、無駄に人件費のかかる自分を、結婚退職に追いやりたいからだ。

取引先に恩も売れて一石二鳥なのだろう。

長く社会人をやっていればそれくらいはわかる。

とはいえ、居心地の悪い職場にこれ以上居座る必要もなくなっている。

美雪の両親は彼女が高校二年生になったばかりの頃、車での買い物帰りに玉突き事故に巻き込まれて揃って亡くなっていた。

当時弟は十二歳、妹は十歳。まだ庇護を必要とする年であり、施設に入るのだけは嫌だと泣いた。

その日から美雪は姉ではなく、二人の親代わりとなったのだ。

六歳からずっと習ってきて、コンクールにも出場したピアノもやめた。教師やピアノ講師にはもったいないと言われたが、弟妹を施設に預けるなど考えられなかった。

その後必死に働きながら弟妹を育て、気が付くと恋愛、結婚を経験せず三十歳近くに。弟は社会人に、妹は大学を卒業する年になっていた。

二人ともこれからは自分がいなくても生きていける——そう思うと肩の荷が下りた気がした。

(……どうせ結婚するならお見合いじゃなくて、ちゃんと好きになった人とがいいな)

もうアラサーで恋ができるかどうかわからないが、できないならできないでいい。無理矢理結婚する気にはなれなかった。

(うん、会社は辞めよう。……これからは自分のために生きてみよう)

そう決めるとすっと心が軽くなり足取りが弾んだ。

会社を辞めて何をしようか。ピアノを再開するのもいいし、ずっとやってみたかった陶芸でもいいし、世界一周旅行も捨てがたい。

(退職金はぱーっと使って。あっ、転職活動もしなくちゃね。やっぱり次も経理がいいな)

考え事をしつつ橋を渡る。途中、背後から「すみません」と若い男に声を掛けられた。

『スマホ落としましたよ』

『えっ、ありがとうございます』

振り返った次の瞬間、その男が懐に飛び込んできた。

『えっ……』

胸に強い衝撃が走ったかと思うと、喉の奥から熱く生臭いものがせり上がり、何が起きたのかわからないまま後ろによろけて欄干《らんかん》に背をぶつけた。

『あっ……』

バランスを崩して体がふわりと宙に浮く。それも一秒にも満たぬ間でしかなく、美雪の体は水面に叩き付けられた。

(い、たい……。冷たい……!)

冬の肌を刺すように冷たい水が鼻からも、口からも流れ込んで息ができない。なのに、傷口は燃えるように熱く、次々と命の源が流れ出していくように思えた。

(誰か、助けて……。……お母さん!)

届かぬ水面に向かって手を伸ばそうとしたが、すでに力すら込められなくなっていた。

(いや……死にたくない。こんなところで……死にたくない……!)

「江藤美雪」の意識はそこで途切れた——。

(そうだ、そうだった)

小梅は呆然と今の自分の手を見つめた。

恐らく、美雪は通り魔に胸を一突きにされ、挙げ句川に転落して死んだのだろう。つくづく運が悪い。

そして、小梅に生まれ変わった。

かくしてよみがえった美雪の記憶は、それから数日間小梅の人格を呑み込んだ。ショックからかその間再び熱を出してしまった。

すっかり美雪の意識になってしまったので、自分のいる場所すらわからず戸惑うこともあった。だが、結局は同じ魂だったからだろう。すぐに双方の記憶、人格が融合し、小梅は落ち着きを取り戻し、あらためて自分の現状を把握し直した。

今生きるこの国は焔。大焔帝国とも呼ばれている。東方大陸では最大最強の帝政国家だった。前世で習った世界史ではそんな国名など聞いたこともないので、日本やアメリカのあった地球ではない、異世界だと推測できた。

文明としては古代中国に近い。

服装が学生時代に教科書で見た、唐代の壁画のそれにそっくりだった。

男性の場合、一般人であれば大袖の長衣に半袖ベストに似た直領半臂《じかりょうはんぴ》。袴にあたる裙《くん》を穿く。

女性の場合、大体踵を越えそうな長さの裾《すそ》を穿き、皆一重の上着である衫《さん》を羽織り、披《ひ》という肩かけをかける。更に、衫の上から半背《はんせ》と呼ばれるお洒落用の上着を重ねる。

王侯貴族だけではない。織物の品質の良し悪しや柄の違いはあれど、街ゆく女性は皆似たような服装だった。

ということは、焔は平民にも衣服が十分行き渡る豊かな国なのだろう。

文化の成熟度を示すかのように、髪型も多種多様だった。夜会巻きに似たものもあればハーフアップも、マリー・アントワネットのように高々と結い上げたものもある。

髪飾りも螺鈿《らでん》の櫛《くし》、翡翠《ひすい》や珊瑚《さんご》、真珠のあしらわれた簪《かんざし》と豊富だった。未婚の女性は下ろした長い髪にリボンが多かった。

そんな経済大国に生まれておきながら、貧民街のあばら屋暮らしは悲しいものがある。

小梅はなんとかここから這い上がり、母に楽な暮らしをさせてやりたかった。

「そうだ、母さん……」

はっとして体を起こす。

小梅の母は病気がちで、最近体調はよかったが心配だ。何より、小梅がいなくなり心配しているだろう。早く帰らなければならない。

しかし、まだ深夜だ。先ほどの召使いはすでに休んでいるだろう。

仕方がない。明日礼を言って出て行くかと、再び布団に潜り込もうとしたところで、不意に戸が開けられ十四、五歳の少年が姿を現した。

「えっ……」

思わず目を瞬かせる。

少年の背後に半透明で深い青銀に光り輝く、世にも神々しい巨大な龍がとぐろを巻いていたからだ。

右の瞳の色は厳格さと冷徹さを表す青。左の瞳はそれとは真逆に、慈悲深さを示す青である。

この世のものならざる二つの瞳が小梅を捉える。小梅は包み込むような眼差しに吸い寄せられた。

少年も驚いたように小梅を見つめている。

同時に目を擦ったところでようやく我に返った。龍などどこにもいなかったので狐につままれた心境になる。

(今のは何？　幻？)

薬の副作用だったのだろうか。

ひとまず気を取り直して声を掛ける。

「あ、あの、あなたは……」

「よかった。目が覚めたか」

声からして頭を打った際助けてくれた少年らしい。

「あっ、ありがとうございます。助けていただいて。でも私、すぐに帰らなくちゃいけないんです」

これ以上長居するわけにはいかなかった。

恐らく寝室の高価な調度品からして身分が高い者の屋敷だ。とはいえ、規模が小さいので別邸か離れなのだろう。つまり、この少年は本邸を持つ貴族の子息なのだ。

瑠璃色の長髪に黄金色の大きな瞳の、少女と見紛うほど繊細な顔立ちの少年だった。

この世界が異世界だと気付いたもう一つの理由が、人々の容姿——特に髪や瞳の色だった。

髪と瞳は両方とも黒や茶の者がもっとも多いが、国際都市だからか金髪や銀髪、赤毛もいる。瞳の色なら碧眼やハシバミ色、琥珀色など。

ここまでならまだわかるが、時折瑠璃色や青緑、紫紺の髪や瞳など、地球の人類にはあり得ない青系の色彩を持つ者がいた。特に、王侯貴族に多い。

小梅自身も髪こそ黒いが、瞳の色は澄んだ藤色だった。恐らく貴族だった父方から受け継いだと思われる。

だが、瞳の色がどうあれ今は貧民である。

なお、規則があるわけではないものの、本来貴族と平民が個人的に関わるのはよしとされていない。

離れで寝かされているのも、この少年が親兄弟に内緒で自分を匿い、手当てしてくれたからではないか。深夜こっそり訪ねてきたのもそのせいなのだろう。

恩人に迷惑を掛けたくはなかった。

「それは構わないが……」

少年は寝台の縁に腰を下ろした。懐から包みを取り出してみせる。

「夜食に饅頭《まんとう》を作らせたんだ」

饅頭はほんのり甘い蒸しパンだ。東陽では具に挽き肉とネギを混ぜ、味付けした餡を混ぜる。つまりは肉まんだった。

「食べないのか？」

「えっ！　いいんですか！　いただきます！」

饅頭は五個あったが、少年は自分はいらないと断った。

「夕飯をたくさん食べたから。全部君にあげるよ」

「では遠慮なく！」

ガブリと齧り付き瞬く間に一個平らげる。

「美味しい！」

更に二個目を口に入れ、三個目になったところで我に返った。

「いけない。私ばっかり食べて。あの、これ持ち帰ってもいいですか？」

母もきっと腹を空かせているに違いない。

こんな美味《おい》しい饅頭は初めてなので、残りは全部母に食べてほしかった。

少年は小梅の食いっぷりを呆然と見つめていたが、我に返って「あ、ああ。いいよ」と少々引き攣った笑顔で答えた。

「君、よく食べるんだね」

「はい。今食べておかなきゃ次にいつ食べられるかわからないですし」

「やっぱり面白いなあ」

少年は残りの饅頭を包み直し、小梅に手渡してくれた。

「どうぞ。お母さんによろしく」

「ありがとうございます！」

遠慮無く受け取り「あの」とあらためて黄金色の瞳と目を合わせる。

「よくしてくれて本当にありがとうございます。お礼に私に何かできることはないでしょうか？」

「う〜ん、お礼か。……そうだね。じゃあ、せっかくなんだから少し話してから帰らないか」

「えっ……」

貧民と話したいなど物好きだと思いながらも、恩返しになるのならばと頷く。

「君には友だちはいる？」

「友だち？　ええっと、昔はいたんですけど、皆どこかへ行っちゃいました」

小梅の場合、病弱な母がいるので移動が難しいが、貧民は少しでも働けそうなところ、住みやすいところ、食べ物が得られそうな地区があればすぐそちらに流れていくからだ。

「寂しくはないか」

「寂しいより前に食っていかなくちゃなりませんから」

「ははっ、そうか。君は逞しいな」

その綺麗な横顔がなんとなく寂しそうだったので、「何かあったんですか？」と尋ねる。

「うん。実はおと……友だちと喧嘩してしまったんだ」

少年には年下の友人がおり、大層仲がよかったそうだ。

「親友なのにどうして喧嘩しちゃったんですか?」

「もう僕とは遊べないって言われてしまって……」

それはひどい。絶交されたようなものだ。

「理由は聞きましたか?」

「いいや」

ますますひどい。見ず知らずのその親友に憤ってしまった。

「その子、何考えているんでしょうね。あっ、ごめんなさい。友だちを悪く言ってしまって」

少年はふと笑って黄金色の瞳を小梅に向けた。

「ありがとう。……君は優しいな」

「なんとなくはわかるんだ」と悲しそうに言う。

「多分、聖《ション》……その友だちの母上に嫌われたんだと思う」

なるほど、母親の「あの子と遊んじゃいけません」とは、古今東西どこでも聞く話らしい。

しかし、ほぼ初対面の小梅から見ても、この少年に嫌われるところなどないように見えた。容姿はもちろん家柄や育ちもよさそうだし、貧民の自分を見捨てられず救う慈悲深さもある。

自分がその親友の母親なら、息子にこんな友人ができれば、諸手を挙げて歓迎するのだがと首を傾げた。

「わけがわかりませんね」

「……うん、そうだね」

少年があまりに寂しそうだったので、慰めにはならないだろうと思いつつも、「時が経てばなんとかなりますよ」と頷いた。

「そのうち結構仲直りできるものです」

美雪にも昔そんな友人がいた。

原因は忘れたがくだらないことで喧嘩し、お互い意地を張って一ヶ月ほど口を利かなかったが、ある日不意に「一緒に帰らない？」と誘われた。犬を飼うことになったので見に来ないかと。

美雪も「うん、行く！」と当たり前のように答え、仲直りの儀式を経ることもなく元通りになったのだ。

「時間ってすごい薬なんです。心も関係も癒やしてくれる」

少年はまじまじと小梅を見つめた。

「……不思議だな。君がそう言うと本当にいつかそうなるように聞こえる」

「なりますよ。人間、思い込みも大事です。信じる者は救われるって言うじゃないですか」

「やっぱり君は面白いなあ」

少年は一頻り笑ったのち、「……ありがとう」と礼を述べた。

「気持ちが軽くなったよ」

少しは役に立てたらしい。

小梅は寝台の上に正座をし、敷布に手をついて深々と頭を下げた。

「私、夜が明け次第帰ります。こちらこそ本当にありがとうございました」

名は名乗り合わない方がいい気がした。貴族の少年と貧民の自分、本来ならすれ違うことすらあり得ない関係なのだから。

言葉にせずとも少年も雰囲気から小梅の思いを察したのだろう。

「ああ、元気で。……裏口を開けておくよ」


——思い出したあの日を懐かしく思い出しながら、小梅は蓋を開けて粥の味見をした。

(うん、いける、いける。粟でカロリー、食物繊維、ミネラル。野草でビタミンが摂れるわ。あとはタンパク質があればなあ……)

再び破れ鍋に綴じ蓋を落としながら思う。

小梅は自分が前世の記憶を思い出したのは、頭を打って死にかけたからだけではない。母を救いたいという切なる思いが、魂の封印を解いたのではないかと考えていた。

なぜなら小梅は母が咳き込むたび、その背を擦《さす》りながらこう感じていたからだ。

私がもっと大人だったらお金を稼げて、お母さんに薬を買って助けられたのに。私が大人だったら、大人だったら、大人だったら――。

当初は前世の数学と経理の知識と経験を使えないかと考えた。

だが、すぐに壁に突き当たることになる。

焔は男尊女卑の思想が強い。女に学はいらぬと言われ、政治、行政、経済に関わる仕事、役職はほぼ男のものである。

女は家庭の維持と家事育児に勤しみ、結婚したら夫に、老いては息子に従うのが美徳だと言い聞かせられる。

未婚の女が一人で稼げる手段は、金持ちの使用人になる、あるいは娼妓になることくらいか。

だが、母は使用人の身で父に手を出され、現在の苦境に陥っているので、同じ仕事を選ぶなど考えられない。

娼妓となるとますますあり得なかった。

(体を売るのはちょっと……)

まだ十歳なのもあるが、さすがに抵抗があった。

(でも……このままじゃお母さんが……)

日雇いの仕事ではその日の糧しか得られない。

「……」

思い悩む間に粥がグツグツ煮える。

「……梅、小梅」

一体どうすべきなのか。

「粥が吹いているよ。……小梅！」

肩を掴まれ、揺さぶられてようやく気付いた。

「阿白《あはく》……？」

瑠璃色の長髪に黄金色の大きな瞳の、年上の少女と見紛う美少年——。

そう、なんとあの時助けてくれた少年だった。

「火は消しておくよ。あっ、待って。お土産《みやげ》に鶏肉を持ってきたんだ。これも入れようか？」

「……」

「小梅？」


隣にしゃがみ込む少年、阿白もそうだった。

なお、阿白とは日本語であれば「白《しろ》ちゃん」くらいのあだ名である。

更に、「白」とは日本で言えば「太郎《たろう》」や「花子《はなこ》」だ。

誰もが知っているが、それほど見かけない名——恐らく偽名だろうと思われた。

「おうい、小梅、大丈夫？」

阿白が目の前で手を振る。

それでようやく我に返った。

「ごめん。ぼうっとしてた。阿白、久しぶりね」

「うん、二週間ぶりかな？　会いたかったよ」

阿白は黄金色の瞳を輝かせた。

「今日はちゃんと平民の服を着てきたよ。これでそんなに目立たないだろう？」

「う～ん……」

手を組んで唸る。

変装してボロを身にまとおうが、隠し切れない育ちの良さと美貌――この少年阿白はいまや小梅の友だちだ。

小梅としては二度と会うつもりはなかった。

ところが、前世の記憶を思い出してから半年後、阿白が貧民街の片隅に流れるドブ川の前で膝を抱え、涙を浮かべた目で水面を眺めていたのでぎょっとした。なぜ従者もつけずにこんなところにいるのかと慌てた。

身なりが良く上品なのですぐに貴族なのだとわかる。

そんな少年が一人でいるなど、人さらいや追い剥ぎにさあ襲ってくださいと宣伝しているようなものだ。

『どうしてこんなところにいるんですか⁉』

声を掛けるとぎょっとして振り返り目を瞬かせた。

『危ないですよ、ほら。ひとまず私のうちに来てください』

結局迎えの者が捜しに来るまで、自宅とも呼べぬあばら屋で匿った。

もっとも、その後阿白を捜しに来た迎えの者に、小梅が誘拐犯の一味だと勘違いされ、ひっ捕らえられてさんざんな目に遭うのだが。

なお、迎えの者も相当身なりがよく、この国の馬車に当たる豪華な軒車《けんしゃ》でやって来た。軒車は高価で王侯貴族は富裕層しか所持していない。やはりそれなりの名家の子息らしかった。

その後阿白が必死になって誤解を解いてくれ、どうにか解放されたのち、迎えの者は慰謝料と謝礼、更に口止め料にと金子をくれた。

以前助けてもらった時には馬を駆り、いかにも頼り甲斐ある少年だったのにと首を傾げた。そういえば少々雰囲気も幼い気がする。

いずれにせよ、阿白との関係は今度こそ終わりだろうと思いきや、以降たびたび小梅のもとを訪れるようになった。

どうも懐かれてしまったらしい。やはりこっそり抜け出してのことだが、コツを掴んだらしく見つかることはなかった。

初めはお坊ちゃまの気まぐれだと軽くいなしていた。だが、やがて次第に阿白は居場所がないのではないかと察するようになった。

（そうでもなければわざわざこんなところに来ないよね……）

そこで「友だちとは仲直りできた？」と尋ねると、阿白は「友だち？」と不思議そうに首を傾げた。

『ほら、私を助けてくれた時、喧嘩したって言ってたでしょう』

『それは僕じゃな……』

すぐにはっとして「あ、ああ、うん、できたよ。ありがとう」と頷いた。

『なら、よかった。今度その子も連れてきてよ』

だが、やはり仲直りはできなかったのか、いまだに阿白は一人でやってくる。

――ひとまずお土産だという鶏肉を受け取る。

「ありがとう！　今日の夕食は豪華になりそう。阿白も食べていく？」

「でも……」

「うちが貧乏だからって遠慮はいらないからね。どうせ母さんと二人じゃこんなにたくさん食べられないもの」

「……」

阿白はようやく遠慮がちに、だが嬉しそうに頷いた。欠けた碗に盛り付けた粟と鶏肉の粥をニコニコしながら食べる。

それにしても、やはり箸の使い方が上品だ。幼い頃からきっちり躾けられてきたのだろう。

また、贅沢な食事に慣れているだろうに、本当にこの粗末な粥が美味しそうだった。

あっという間に一杯目を平らげてしまう。

「ああ、美味しかった。こんなに美味しいもの、食べたことないよ」

「阿白はいつもそう言ってくれるね。作り甲斐があって嬉しい」

前世のおかん的長女体質を引き継いでいるからか、ほれ食え、もっと食えとお代わりを勧めてしまう。

もちろん自分も腹がパンパンになるほどモリモリ食べた。食える時に食っておかねばとの貧民根性からだった。

「もっと食べなよ。あなたはちょっと痩せすぎ」

阿白は碗を受け取りながら小梅の顔を覗き込んだ。

「ねえ、小梅、美味しいってお世辞なんかじゃないよ?」

「わかっているって。阿白は嘘を言ったことはないもの」

「……」

また心から嬉しそうに笑う。

二人は食事を終えたのち、ちょうど降り始めた雨で調理器具と食器を洗った。

阿白は最初洗い物に慣れなかったが、今ではお手の物で割れ鍋を手際よくすすいでいる。しかも、いかにも楽しそうだった。

「小梅と一緒にいると楽しいな。僕は城……家では誰かと一緒に食事をしたことなんてなくて」

「……お父さんとお母さんは？」

「う……ん。陛……父上は僕を避けている。母上は……病気で会えなくて」

両親が揃っているのに、構われないのが一番寂しい。

「うちもお父さんは全然迎えにきてくれないわ。使用人との間の娘なんてどうでもいいんだろうな……」

久々に腹一杯で気が緩んでいたのだろうか。いつになくつい愚痴ってしまう。

不意に阿白の手が止まった。

「……小梅もそうなんだ」

「うん、でも、私にはお母さんがそばにいてくるから、私の方がちょっとずるいかな」

「ずるいなんて、そんなことないよ」

阿白は唇を軽く噛み締め水面に顔を落とした。洗い終わった割れ鍋を手ぬぐいで拭いていく。

「……ねえ、小梅は僕と一緒にいて楽しい？」

「もちろん。私、現金な性格だもん。楽しくなきゃ一緒にいない。お土産もよく持ってきてくれるしね」

「……」

阿白の日焼けしていない、少女のように滑らかな頬がほのかに染まった。

「……ありがとう」

◆◇◆◇◆

――阿白との交流はそれからもひっそりと続いた。

小梅が十三歳になった年の春。禁城の庭園の紅梅、白梅が見頃になる頃。

母と暮らし始めた長屋に阿白がやって来た。

阿白は十五歳になっており、少女のように優しげだった顔立ちも、徐々に少年のそれに変化しつつあった。身長もぐんと伸びている。

「小梅、引っ越しおめでとう！」

いつものように高価なお土産をくれる。絹織りの衫と手の平に収まる寄せ木細工の小箱だった。

金はお目付役にバレるので持ち出せないが、せめて遊んでくれる礼にと、自分の持ち物を譲ってくれるのだ。

小梅は土産物を受け取りながら、笑みを浮かべて阿白を見上げた。

「ありがとう。やっとここまで来たわ」

三年前、穀物店の店主とやり合った際、算木を貸してくれた八百屋の老人が、小梅の能力に感心して下働きに雇ってくれた。女なので表には出せないが、裏で経理を担当してくれないかと。

その賃金と阿白の土産物を売った金で、こうして長屋の一室を借りることができている。

ボロボロだが雨が染み込んでこないだけ川原のあばら屋よりはるかにましだった。

やっと母を四柱の寝台に寝かせることができたと胸を撫で下ろす。

「この小箱には何が入っているのかしら？」

早速土産の小箱を開ける。

中には薄茶色の小さな塊が入っていた。鼻を近付けると蜂蜜の香りがする。

「……？」

阿白は得意そうに腕を組んで胸を張った。

「多分、小梅は見たことがない。一体なんだと思う？」

（これは……）

小梅は目を輝かせた。

「……まさか、石鹸？」

前世の記憶を取り戻したばかりの頃、石鹸を作れないかと考えたことがある。

しかし、まず植物油はどれも高価で貧民の手には入らなかったし、食用の豚や鳥、羊の脂では匂いが強烈で諦めていたのだ。

阿白が目を見開いて溜め息を吐いた。

「……正解。知っていたのか。最近貴族の間でもやっと出回ったばかりなのに」

「あっ、うん。噂に聞いていて」

阿白の黄金色の瞳がきらりと光る。

「……小梅はなんでも知っているな」

「そんなことないわ」

「いいや、そうだよ。数学も算木もできるし、すごくしっかりしているし、時々……」

言葉を切り腰を屈めて小梅の目を覗き込む。

（ちょっ……近い！）

切れ長の黄金色の双眸に狼狽えてしまった。

阿白の吐息が頬に掛かる。

「……そう、大人の女性と話している気分になる」

心臓がドキリと鳴った。

「ち、小さな頃から働いていればそうなるわ」

まさか、前世の記憶があるなどとは打ち明けられない。頭がおかしくなったと思われるだけだろう。

阿白にだけは嫌われたくなかった。

（えっ……私……）

たった今気付いた自分の気持ちに戸惑って目を瞬かせる。

(阿白のことを意識している？)

頼りない弟のように思っていたのに。

ふと、いつの間にか背を追い越されているのに気付く。これからどんどん差が開いていくのだろう。

さりげなく一歩引いて阿白から距離を取り、食卓の上に載せた鍋を指差す。

「ね、ねえ、阿白。ご飯食べていくでしょう？　羊の骨髄と野菜の羹《あつもの》を作ったの」

「ああ、小梅の羹は絶品だからな。いただいていくよ。って、相変わらずすごい量だな……」

「だって、食える時に食っとかないとね」

鍋をお玉で掻き回しながら、阿白に気付かれぬよう溜め息を吐いた。

(私ったら何を考えているの。阿白はいい友だちなの。ちょっとかっこよくなったからって……)

名家の子息である阿白と、父に母ともども捨てられた貧民の自分。叶うはずもない恋などしたくはなかった。


阿白を送り帰した夕方、小梅は頭を冷やすためにと、大家に使用量を払って裏の井戸を借りた。

幸い人目もなかったので服を脱ぎ、桶を落として水を汲み上げる。

頭からざっと冷水を浴びるとぶるりと体が震えた。

(はあ……頭が冷えた)

阿白を意識したのは長年労働と母の介護にかかりきりだったため、異性に免疫がなかったからだと自分に言い聞かせる。

（まったく前世と変わってないわ）

苦笑しながら阿白からもらった石鹸で髪と体を洗ったのち、手ぬぐいで拭いて心衣《しんい》と袙服《はくふく》を身に着けた。両頬を両手でパンと叩いてカツを入れる。

腰まで伸びたくせのない黒髪から水の滴が撥ねた。

（よし、明日の仕事の準備をしよう）

いつも通りに仕事と家事、介護をこなせば、もとの自分に戻れるはずだった。

家に戻ろうと身を翻してぎょっとする。

阿白が息を呑んで真後ろに立っていたからだ。

「小梅に用事があって……」

ところが長屋にはいなかったので、小梅の母に聞いたところ、裏に行ったと教えられたのだそうだ。

「～～っ」

まだ十三歳、もう十三歳。体の線は丸みを帯びつつあり、胸も膨らみかけている。

「ど、どこからどこまで見たの？」

「それは……」

こんな時でも阿白は正直者だった。

「……最初から最後まで」

「……」

「小梅、胸に梅の形の痣があるんだね。驚いた」

そう、小梅は胸の谷間近くに梅の花を意匠化したような赤い痣があった。

焔では梅はまだ寒いうちに花をつけることから、艱難辛苦《かんなんしんく》を乗り越える縁起のいい花だとされている。

母は生まれたての娘を見て、よい子を授かったと喜び、この痣から「小梅」と名付けた。

「ごめん、目が離せなくて……」

小梅は頼むから嘘を吐いてくれと天を仰いだ。

自慢ではないが前世でも異性に生まれたままの姿を見せたことはない。

その上、今生では女性の処女性が一層尊ばれる国に生まれていたので、「嫁入り前の娘が異性に肌を晒すなどもっての外」という概念がすり込まれていた。

羞恥心もあってその場に顔を覆ってしゃがみ込む。

「もう、お嫁に行けないじゃない……」

阿白に見られていなかったところで、結婚できるかどうかは不明だが。

「小梅……」

阿白は慌てふためきながら小梅に歩み寄った。

自分の褶《ひらみ》を脱いでふわりとかけてくれる。

「ああ、もう……」

正直言って長年川原で暮らし、顔も体も陽に焼けた自分よりも、阿白の方がよほど美しい。

それだけに、その阿白に裸を見られたことは大ダメージだった。

「よりによって阿白に」

「ごめん……」

阿白はもう一度謝って腰を屈め、「もし、小梅がいいのなら……」と言葉を続けた。

「責任を、取らせてくれないか」

声変わりの時期で低くなりつつある声が緊張している。

「僕が成人したら、結婚してくれないか」

「……何、言っているの」

思わず黄金色の瞳を見上げる。

阿白は恐らく上流階級の子息だ。貧民の娘と結婚できるはずはない。

前世でも今生でも苦労してきた小梅は、貧しい娘が由緒正しい貴族の子息と結婚した――そんなお伽噺を聞くたびに笑い飛ばしていた。

なのに、目の前にいる阿白は信じたくなってしまう。

「僕は……このまま行けば多分お祖父様の決めた女性と結婚させられる。でも、もう誰かの言いなりになるのは嫌なんだ。その女性を愛することができずに、母上のような目に遭わせたくもない。それに……」

阿白は小梅の肩に手を置き、「僕は小梅が好きなんだ」と打ち明けた。

「君と一緒にいると……ずっと帰りたかったところに帰ったみたいに安心できる。小梅は僕をどう思っている？」

上流階級の子息と貧民の娘なのだ。その気になれば強引に愛人にすることもできただろう。なのに、阿白は小梅の意思を問うた。大切にしてくれていることの証だった。

「わ、私は……」

声が上ずってしまう。心臓の鼓動が早鐘を打ち、頬が上気するのを感じた。

生まれて初めてどころか、前世から数えても最初の恋心を、騙されているだけだと笑い飛ばすことなどできなかった。

「私も……阿白が好き」

阿白の黄金色の目がぱっと輝いた。

「本当に？　僕でもいい？」

「うん……阿白がいい。阿白は私でもいいの？」

「もちろんだよ。小梅だからいいんだ」

端から見れば子ども同士の他愛ない口約束に見えただろう。

しかし、小梅にとってはかけがえのない約束になった。

阿白はそれまで月に一、二度小梅に会いにきていたのだが、告白以降、週に一度は必ず長屋を訪れるようになった。

焔の成人年齢は男子が十八、女子が十五である。約束の年までまだ三年もある。それまで待ち遠しくて堪らないと。

「君の父上、母上にもご挨拶に行かなければいけないな」

「お母さんはいいけど、お父さんは多分、会ってくれないかと……」

所詮捨てられた娘なのだ。

ところが、阿白はやけに自信ありげだった。

「いいや、会ってくれると思う」

「それってあなたのおうちがすごいから？」

この時点で小梅はまだ阿白の正体を知らなかった。

小梅としては少々胸がモヤモヤしたが、そこは前世の大人の精神が役立った。

（きっと何か事情があるのよ）

阿白が打ち明けてくれるまで待とうと決める。

それにしても、恋をするとこうも甘く優しい気分になれるのかと驚く。阿白が長屋を訪れたと知ると、ぱっと心が華やいだ。

ところが、小梅のそんなささやかな幸福は、ある日突然断ち切られることになる。

——政変が勃発したのだ。

それまで皇后の外戚として政治を牛耳っていた劉《リュウ》一族が、皇帝の寵愛《ちょうあい》する王貴妃《きひ》と貴妃の生んだ皇子を暗殺しようとした。皇太子の座を奪われるのではないかと危惧したのだろう。

ところが、密告があり証拠を握られ、皇后の父を始めとして一族が粛清されたのだ。皇后も以降の生涯を冷宮で送ることに。

冷宮とは寵愛を失った、あるいは罪を犯した后妃が軟禁される宮殿だ。老朽化し、荒れ果てたところがほとんどで、贅沢な暮らしなど望むべくもない。

また、彼女の生んだ太子は廃され、辺境に流刑となったと聞いた。

小梅がその騒動を知ったのは、首都東陽にあった劉一族当主——つまり廃妃の父の屋敷が皇帝の命により焼き討ちにされたからだ。

高く立ち昇る火の手とどす黒い煙は、遠くにある小梅の暮らす地区からも見えた。

同じ長屋に住む老人が「おやおや」と、他人事のように手をかざして空を眺める。

「政変なんて何十年ぶりかねえ。まあ、儂ら平民は関係ないこった」

一方、小梅は気が気ではなかった。

(阿白は……阿白は大丈夫なの……?)

風の噂で今回粛清対象となるのは劉一族だけではないと聞いている。

姓の違う遠縁の貴族から劉一族の取り計らいで出世した官吏《かんり》、便宜を図られた商人、果ては友人に至るまで——皇帝はこれを機会に劉一族の影響力を一掃するつもりだと。

(もし、阿白の家が劉一族に関わっていたら……)

背筋がぞくりとした。

(大丈夫、大丈夫よ。だって、貴族もお金持ちも劉一族以外にもたくさんいるじゃない。阿白は来週になればまたいつものように顔を見せてくれるわ)

ところが、虫の知らせとはよく言ったもので、翌週になっても、翌々週になっても、一ヶ月後になっても阿白は長屋に来ることはなかった。

(阿白、どうしてしまったの。お願い。連絡だけでもちょうだい……!)

阿白に本当の名を聞かなかったことを、この時ほど悔いたことはなかった。

阿白が自分に飽きてしまい、やはり王侯貴族の娘がいいと気が変わったなら、そちらの方がずっとよかった。

小梅は屋敷が焼き討ちされて以降、夜眠る前には必ず焔の国教の最高神、元始天尊《げんしてんそん》の絵姿に祈りを捧げるようになった。

（神様、どうか阿白が無事でありますように。どうかお願いします。せめて命だけでも……）

元始天尊の熱のない目はひれ伏す小梅を無言で見下ろしていた。


——政変勃発から三ヶ月後の新月の夜。

日雇いの仕事を終えた小梅は、暗いこともあって帰り道を急いでいた。

暗闇のどこかでほうほうと得体の知れない鳥が鳴いている。何も音が聞こえないよりも一層不安になった。

自他ともに図太いと認める小梅も、最近すぐに心細い気持ちになる。やはり阿白の顔を見ていないからだと溜め息を吐いた。

（私、阿白と仲良くなって弱くなってしまった。前は一人でも全然大丈夫だったのに……）

だから、通り掛かりの川辺で一人片膝を抱え、見えない月を見上げる阿白を見つけた時には驚いた。月明かりはほとんどなかったが、長い青銀の髪が彼のものだったのでわかった。

「……!?」

一瞬息を呑んだのち、下道から転がり落ちるように駆け寄る。

「こんなところでどうしたの！　ずっと待っていたのよ!?」

阿白は初めわけがわからないといったように目を瞬かせていたが、小梅の目を見て「君はまさか……」とはっとした。

「僕のことを覚えていてくれたのか?」

「何を言っているの?　当たり前じゃない」

「よかったあ……」

その場にしゃがみ込んで顔を覆う。

「ずっと心配していたのよ。あんな政変が起こって、あなたに何かあったんじゃないかって……」

阿白は呆気に取られたように小梅を見下ろしていたが、やがて「……ありがとう」と微笑んだ。

「僕は大丈夫だったんだ。でも……」

「でも、どうしたの?」

「……友だちが連れて行かれてしまったんだ」

「友だち?　友だちって昔喧嘩したって言っていた人?」

「覚えていてくれたのか」

「うん?　当たり前でしょう」

なんとなく違和感を覚えつつも話を続ける。暗がりなのでわかりにくいが、その横顔もいつもの阿白より大人びている気がした。

「その友だちがどこに連れて行かれたの?」

阿白が溜め息を吐いて頭を抱える。それでも泣かないのは男としての矜持なのだろうか。

「そう、僕には行けないすごく遠いところで、父上にももう諦めろって言われて……。大人たちはどうしてあんなことができるんだろう？　まだちゃんと仲直りもしていなかったのに……」

その友だちは恐らく劉一族、あるいは縁の者で連座刑に処せられたのだろう。流罪にでもされたのだろうか。

苦悩する阿白をなんとか慰めようと背を撫でる。

「希望を捨てちゃ駄目。きっと大丈夫よ」

自分を指差して鼻を鳴らす。

「ほら、私なんてあんなに貧乏だったのに、今じゃちゃんと働いて一人前になっているでしょう。その子だってきっとなんとかなっているわよ。人間、そんなに簡単に壊れるものじゃないわ」

薄い唇の端がわずかに上がった。

「君が言うと本当にそうなる気がする」

「なるのよ。それに、あなたができることだってきっとたくさんあるわ」

「僕ができること……？」

小梅は白の隣に腰を下ろした。

「多分お父さんは身分の高い人なんでしょう？　で、あなたは長男かしら？　別に次男でもいいけど」

「ああ、一応長男だけど」

「だったらラッキーだわ。お父さんの跡を継いで、頑張って、頑張って、頑張って……お父さんより立派になれば友だちを連れ戻せるかもしれない」

「……」

阿白が息を呑んだ音がした。

「僕が、父上を越える……？」

「そう。大人たちが決めたことを覆すだけの力をつけるの。もっと大きな大人になるのよ」

膝の上に置かれた阿白の手に自分のそれを重ねる。

「一緒に頑張ろうよ。ね？　きっと大丈夫だよ」

「……」

黄金色の目がくしゃりと歪んだ。

「うん……そうだね……」

まだ大きくなりかけの少年の手が涙を拭う。

「……僕、聖明《ションミン》を連れ戻すよ。もう一度会えなくちゃ仲直りも出来ない……」

聖明とはその友の名なのだろうか。

「大丈夫。あなたなら絶対にできるわよ」

小梅は「きっと」ではなく「絶対に」と断言した。この人ならきっと実現できると思えたから――。

「君って不思議だな。……本当にできる気がしてきた」

その夜、二人は新月を見上げながら、何時間も他愛ないお喋りをし、夜明け前に手を振って別れた。

「ねえ、また会えるんでしょう？」

なぜか不安に駆られて黄金色の目を見上げる。

「うん、もちろんだよ。僕もまた君に会いたい」

「また会いたい」のフレーズにまた違和感を覚える。まだ数度しか合ったことがないような言い回しだったからだ。

だが、たいしたことでもなかったのですぐに忘れ。再び阿白の背に向かって大きく手を振った。

「待っているからね！」

だが、その約束は守られることはなかった。


――阿白と最後に会ってから半年が過ぎた。

その間に小梅は十四歳になっていた。

あれきり阿白が長屋を訪れることはない。歓迎されざる環境の変化はそれだけではなかった。

病を重くした母がついに息を引き取ったのだ。

母は亡くなる前、涙を流して手を取る小梅に、弱々しく微笑みかけた。

「あなたには何も母親らしいことをしてあげられなかったわねえ……」

「そんなことないわ、お母さん。お願いだから死なないで」

母に先立たれるのは前世と合わせてこれで二度目。何度経験しても慣れそうになかった。

「……どうか悲しまないで。あのね、小梅。私はあなたを身籠もる前に不思議な夢を見たの」

不思議な服装の真面目そうな若い女性に、「不束者ですが、これからよろしくお願いします」と頭を下げられたのだという。

「私も思わず〝こちらこそ〟って答えちゃったのよねえ」

もう体力も気力もないだろうに、母はくすくすと声を出して笑った。

「……私ね、若い頃にも病気をして、もう子どもは産めないと言われていたの。だから、あなたを身籠もったと知った時、すごく嬉しかった。あの人はきっと子孫娘娘《つーすーにゃんにゃん》の化身だったのね」

母は最後に「しっかりね」と励ましてくれた。

「あなたは子孫娘娘の化身の生まれ変わりだもの。きっと私がいなくても大丈夫よ。どうか幸せにね……」


阿白だけではなく母まで亡くしてしまい、独りぼっちになった小梅は途方に暮れた。

この十四年、母の介護のために生き、阿白と出会ってからはそれが心の支えになっていたのだ。

葬儀を済ませ、長屋に戻り、母が臥せっていた寝台に座り込む。

「母さん……阿白……」

一気に二人とも失ってしまい、今後どう生きていけばいいのかわからなかった。

「……」

膝の上に目を落とし、拳を握り締めていたが、一時間ほど経ったところで、ぐいと顔を上げ涙を拭う。

（どう生きていけばいいのかは今考えることじゃないわ。まず、生きなくちゃ）

どれほど辛かろうが、生きていさえすればなんとかなる――小梅は経験からよく知っていた。

そのためにはまずお腹一杯食べなければと頷く。

美味しいが高いからと、週に一度しか食べなかった米を、麻袋から鍋に溢れるほど取り出す。

今までは火力の節約のために、主食は粥で食べると決めていたが、今日はその決まりに従わない。

「米は……炊くものよっ！」

日本人ならほかほかの白いご飯。これさえあれば復活できるのだ。白いご飯と言っても玄米なので、薄茶のご飯になるだろうが、ご飯には変わりないので構わない。

早速米を磨ぎ、鍋に適量の水とともにセッティングし、初めちょろちょろ中ぱっぱ。赤子泣くとも蓋取るなの手順でご飯を炊く。

もうじき炊ける頃だろう。香ばしい湯気が立ち上り、思わずゴクリと唾を飲んだ、その時のことだった。

木の戸がガタガタと音を立てたのだ。

何者かが無理矢理開けようとしている――阿白かもしれないと立ち上がり、急ぎ戸を引いてぎょっとした。

見知らぬ中年の男が二人立っていたからだ。

大家でも行商人でもない。

「あの……どちら様で……」

「私どもはあなたのお父上、盧大林《リー・ダイリン》様の使いでございます。お捜ししました」

「はあ⁉」

まさか、今更弔問に来たのかと憤る。葬儀も埋葬もとっくに済んでいるというのに。

使いの一人が「お母様の件はお気の毒でした」と告げた。

「こ……の……」

小梅は更に腹が立ち、戸を閉めようと手を掛けた。

「はいはい、わかりました。もう結構です。あの人には何も期待していませんから。今までもこれからも！」

大人の男の前で堂々と立ち振る舞う少女に驚いたのだろう。使いの男二人は目を瞬かせていたが、やがて我に返って「そうは参りません」と応えた。

「盧大人はあなた様の先行きを大変心配されておりまして……」

「何もしていただかなくても結・構・です！　これでも十歳から母を養ってきたんです」

第一、正妻が健在なのに引き取るわけにもいかないだろうし、政略結婚の駒にするにしても十四歳はまだ早い。焔では適齢期は十六歳から二十代前半だ。

何もかもタイミングが悪い。

「そういうわけでお引き取りください。もう私は死んだと思っていただいても結構ですので」

それでも使いの者たちは引かなかった。

互いに目配せをし、頷き合ったかと思うと、部屋に押し入ってくる。そして、瞬く間に持参の麻布で小梅を簀《す》巻《ま》きにしてしまった。

「ちょっと！　何するんですか！　泥棒ー！　人殺しー！　火事だー！　お巡りさーん！」

そのまま猿ぐつわを噛まされ、軒車の座席に放り込まれる。

軒車はすぐに出発し、小梅の暮らしていた下町を抜け、大通りに道を変え、更にその裏通りを進んでいった。

「むぐー！　むぐぐー！」

どこに連れて行くつもりだこの人さらい！　と叫びたいのだが声が出ない。

その間に隣に腰を下ろした男の一人と、御者台のもう一人に溜め息を吐きつつ品定めをされた。

「おい、随分な跳ねっ返りだな。これで売れるのか？　瞳の色はいいとして、随分色黒だしなあ」

「まあ、それをなんとかするのが妓楼《ぎろう》だろ」

（ぎ、妓楼⁉）

妓楼とは焔の国で言う遊郭ではないか。

「お嬢さんも気の毒になあ。親父が借金を背負ったばっかりに」

「……」

なるほど、話が見えてきた。

恐らく父は酒に溺れたなり、樗蒲賭博《ちょぼとばく》で大負けしたなり、悪い女に騙されたなりして借金を背負ったのだろう。返済のためにどうでもいい愛人の娘を売り飛ばしたと言ったところか。

（あの……クソ親父！）

顔も覚えていない父を罵る。

しかし、屈強な大人の男二人相手では、抵抗などできるはずもなかった。

こうして、小梅は強制的に長屋から引っ越すこととなったのだ。

第二章「売られた先が妓楼だった件」

――妓楼「紅梅楼《こうばいろう》」での小梅の一日は、目覚めて朝一番、井戸から冷水で顔を洗うところから始まり、その後身支度をして仕事に取りかかる。

店の東側にある番頭専用の小部屋の古びた文机の前に腰を下ろし、昨夜の売り上げ、経費、利益を素早く丁寧に計算。終わらせ次第金子を木箱に入れ、経営者兼遣り手婆の女将に帳簿とともに献上する。

昨夜は日が長く、夜も暖かかったせいか、紅梅楼のみならず、民妓の店はどこも盛況。

春の売り上げだけではなく、酒も料理もよく出たので、一日で一ヶ月分ほどの稼ぎがあった。

「女将さん、どうぞ」

女将は自室の菊柄の長椅子に腰掛けていたが、小梅が木箱を渡すなりほくほくしながら金子を数えた。

「うん、銅銭に金銀の延べ棒の山は見るだけで元気が出るねえ。はい、ご苦労さん。昼までは休んでいいよ。これ、駄賃ね」

賃金とは別に銅銭を四枚、ひょいと放り投げてくれた。いつもの二倍である。

「ありがとうございます。それでは、市が開く頃に外出してもよろしいでしょうか？」

「ああ、構わないよ。またあそこの道観かい？」

「はい、そうです」

道観とは神々を祀る寺院だ。道士らが修行する場所でもある。

表通りに出て十五分ほど歩くと、小梅行きつけの元始天尊を奉った道観があった。

「どうせその駄賃も賽銭にするんだろう。何を祈るのか知らないけど、物好きだねえ」

女将は小梅以上の現実主義者で、神も仏も一切信じないと言い切るタイプだった。

「そうですね……」

小梅は手の中の銅銭を握り締めた。

駄賃を手に一人、人通りの少ない通りを歩いていく。

（私も神様なんて信じていなかった……）

だが、前世の記憶を思い出し、死に際の母からあんな話を聞いたことで、祈るくらいのことはするようになっている。

目的地に到着する頃には辺りは明るくなっており、すでに信者向けの正門が開門していた。

反り返った屋根と鯱《しゃち》のように設置された五色の龍の彫像が印象的な道観だ。

深々と一礼したのち門を潜る。

前殿で香を焚きしめて身を清め、回廊をぐるりと回って本殿へ向かう。

本殿は八角形の空間で天井にはとぐろを巻く何頭もの神龍が描かれていた。内陣には元始天尊の聖像が安置されている。

蝋燭《ろうそく》台に赤い蝋燭を立て一心に祈る。

「どうか阿白が元気でいますように……」

自分のことは何一つ祈らなかった。

願いが多いとどれも少しずつしか叶えられない気がしたし、現在は贅沢とは言えないが、それなりの暮らしを営んでいるからだ。

――父に妓楼に売り飛ばされたのち、小梅は女将にじっくり品定めをされた。

女将は後ろ手に拘束された小梅の顎を掴むと、「やれやれ」とばかりに肩を竦めた。

『色黒で痩せっぽち。見られるのはこの瞳くらいだね。これだけはなかなかない藤色だ』

『一応貴族の血は引いているので、育てばもう少しマシになるかと』

『まあ、顔立ちは整っていなくもないけどね。長年遣り手婆をやっていると、向く、向かないは一目でわかるもんだよ。この子に妓女はできないね』

『女将、そんなことを言わずに。いざとなれば煮ても焼いても構いませんので』

『……』

自分をもの扱いする父の手下の言葉にむかっ腹が立った。

女将がニヤリと笑う。

『おや、いい目をするじゃないか。気に入った。よし、下働きとして買ってやろう。ちょうど男衆が何人か辞めちまってね。金額はそう……せいぜい銀二本分だね』

『そんな、せめて三本』

『これ以上は出せないよ』

いくらでもいいから売れる金額で売ってこいと命じられていたのだろうか。手下たちは渋ってみせたものの「では、それで」と頷いた。

こうして小梅は銀の延べ棒二本で紅梅楼に買われることになったのだ。

当初は女将の宣言通り小梅を下働きとしてこき使った。

女将と妓女らのまかないの料理、衣装の洗濯に装飾品の手入れ、宴会場と寝室、水場の掃除など、当然のように朝早くから夜遅くまで働かされ、ブラック企業も真っ青だった。

そんなある日、紅梅楼に長年勤めていた番頭が過労で倒れて退職した。

もう六十代だったのに、経営企画、人事、総務、経理を一手に引き受けていたのだから、当然と言えば当然だった。

女将は困り果てて頭を抱えた。辞めた番頭ほど使える男を雇えなかったのだ。経営企画、人事、総務はなんとかなるとして、経理が問題だった。

ある程度の学がいる上に、学のある男ほど妓楼で働くなど嫌がる。賤業《せんぎょう》と見なされているので当然と言えば当然だった。

同業者内で調達しようとしても、人材不足でなかなかうまくいかない。そのタイミングを見計らって小梅が我こそはと手を挙げたのだ。

『女将さん、経理なら任せてください。私、算木も使えます』

『はあ？　でもあんた、女だろう？』

女将は半信半疑だったが、藁にも縋りたい心境だったのだろう。試用期間ということで小梅を経理に回してくれた。

結果、見事適性があると採用されて今に至る。

相変わらずこき使われてはいるが、経理はこの国ではホワイトカラーなので、以前より無理は言われなくなった。

しみじみと、前世の記憶を思い出してよかったと頷く。

参拝を終え、聖像に向かって一礼したのち紅梅楼へ戻る。

（妓楼への借金はもう延べ棒一本分は返したから、後一本分か。もうちょっとだわ）

ここまで来るのに三年かかり、もうじき十八歳になろうとしている。

その間に焔では前皇帝が崩御し、政変後新たに立てられた皇太子が即位した。

名を康熙《カンシー》といい、現在まだ二十二歳だが大層優秀なのだとか。

ただ、唯一の懸念は母后が弱小貴族出身で、後ろ盾が弱いからと、一部の臣下——特に宦官《かんがん》に舐められていることだという。

とはいえ、すべては雲の上の出来事で、小梅には関係のない話だった。

できればこの後も妓楼で働かせてもらって貯金をし、その資金で阿白を捜しに行くつもりだった。


その夜も客入りが良いどころか、十人規模の団体客が二グループもやって来た。

その上景気よく酒も肴も接待も肉体も求めたので、規模の小さい紅梅楼は一階も二階もてんやわんやの大騒ぎ。妓女が全員出ても数が足りなかった。

その間小梅は厨房で料理人を手伝い、アヒル料理の下ごしらえをしていたのだが、途中、宴を抜け出した売れっ子妓女の一人に「小梅、手伝って！」と腕を引っ張られた。

「酌婦が足りないの。衣装なら貸すから」

「でも、私は……」

「あ〜、もう！　女は顔より愛嬌！　とにかく来て！」

妓女の個室へ連れて行かれる。

「小梅、前髪を伸ばすなら伸ばすでもう少し気を遣わないと。顔が見えないじゃないの。おまけにぐしゃぐしゃ。いくら事務方でもちょっとは気を付けなさいよ」

「ご、ごめんなさい……」

これでも身支度は済ませたのだとは言い辛かった。

長い髪をみずから美しく結い上げるのは一苦労だし、専門の髪結いに任せると結構な金がかかる。

化粧をするにも化粧品だけではなく、刷毛だの鏡だのなんだの道具がいる。

つまりは節約のために美意識を捨て去っていたのだ。

妓女は手際よく小梅の黒髪に艶出しの香油を塗ると、流行中のハーフアップにし、紫水晶と血赤珊瑚の簪を挿した。

続いて化粧だとなったところで、前髪を上げた小梅の顔をまじまじと見つめる。

「これは……意外ねえ。小梅、あなた、色黒じゃなかった？」

「紅梅楼に来るまではずっと外で働いていたので……」

「じゃあ、引き籠もって経理の仕事ばかりしているうちに、日焼けが取れたのかしら」

これなら白粉を軽くはたき、紅を差すだけで十分だと頷く。

「これからは経理の仕事だけじゃなくなるでしょうね」

妓女は意味深な言葉をかけつつ化粧を済ませると、衣装を引き出しから引っ張り出し小梅を着替えさせた。

藤色の瞳に合わせたのだろう。

赤紫の大ぶりの椿柄の裳《も》に、肌が透けて見える仕様の藤色の菊柄の衫。披は天女の羽衣のようにふわりと軽い躑躅《つつじ》色の無地だった。

「あ〜、もう、裳はそうやって着るんじゃないの。こう、胸までぐっと上げて谷間は見せる！　あら、結構あるじゃないの」

この数年で小梅の乳房は著しく成長し、今では深い谷間ができるほどになっていた。

「え、ええっ、で、でも、肌を見せるなんて」

「妓女の定番よ。せっかくあるものを活用せずにどうするの」

最後に妓女は三百六十度の角度から小梅を点検し、「よし、合格！」と満足そうに頷いた。

「姐さん、待ってください。私、お客様の接待なんてしたことがなくて……」

「あ～、あなたは新入りってことにしておくから、何を聞かれても〝申し訳ございません。入ったばかりで何もわからなくて……〟って言っておけばいいわ。そういうのが好きな男も多いから」

「は、はあ」

「それでも話を振られたら、〝さすが！〟、〝知らなかった！〟、〝すごい！〟、〝センスがいい！〟、〝そうなんですね〟で大体丸く収まるから。それでもしつこく絡まれたら私を呼んで」

「わ、わかりました」

おとなしく妓女のあとについていく。

いきなりキャバ嬢デビューをする羽目になり戸惑っていたが、途中、妓女に「お客様が残したものは全部食べてもいいわよ」と教えられ、食える時に食っておかねば精神を刺激されて俄然張り切った。

「だから、どんどん高くて美味しい料理をたくさん勧めるといいわ。うちの店も儲かるし、小梅のお腹も膨れるし一石二鳥でしょう」

「……頑張ります！」

絶対に炊きたてのご飯をおひついっぱいに注文してやろうと意気込む。紅梅楼に売り飛ばされる前、ご飯をお腹いっぱい食べることができず、心残りになっていたのだ。

「そう、その意気、その意気」

妓女とともに宴会場に足を踏み入れる。

次の瞬間、五絃琵琶《ごげんびわ》と四弦琵琶《しげんびわ》、琴《こと》、箜篌《くご》、排簫《はいしょう》の音楽の洪水に呑まれた。

いくつも掛けられた灯籠の幻想的な朱の明かりの中で、軽やかな異国のメロディに合わせて舞台の妓女たちがくるくる踊る。

都で流行中の胡旋舞《フーせんぶ》だった。

回転するごとに色とりどりの披が起こった風になびき、天界の神々の宴に迷い込み、天女たちの舞を愛でている気分になる。

なお、いつもの宴会では長卓と椅子をセッティングするのだが、今日は取り払われ、代わって胡旋舞の生まれた胡国産の絨毯が敷かれていた。

客は皆思い思いに腰を下ろして胡坐《あぐら》をかき、妓女を侍らせ酒を注がせ、異国風の宴を心から楽しんでいるように見える。

皆色こそそれぞれ違うが、足首までの長さで長袖の無地の盤領袍《ばんりょうほう》と、白い袴を身にまとっている。

ということは、官吏なのだろう。要するに公務員だ。それも、身なりの良さから高級官吏に違いない。

収入がしっかりしているので、妓女が皆張り切っているのが見て取れた。

「おうい、妓女がいるならこっちに来てくれ」

「あっ、はい、すぐに！」

妓女と酒瓶を手に客のもとへと向かう。

一人はまだ二十代前半ほどの若い男、もう一人は四十代前後の男だった。

妓女は中年の男を相手にしていたようで、「お待たせして申し訳ございません」と愛想笑いを浮かべている。

小梅も戸惑いつつも若い男の隣に腰を下ろした。

経理の仕事ならともかくキャバ嬢役は初めてだ。どう目を合わせていいのかもわからない。

「その……失礼します」

慣れぬ手つきで、差し出された盃に酒を注ぐ。

「お前、まだ慣れていないな。いくつだ？」

「入ったばかりなんです。ですが、もうすぐ十八なのでお恥ずかしいです」

妓女は十歳前後から姉弟子に当たる妓女のもとで見習いとなり、十五、六になり次第客の相手をすることが多い。

十八歳で妓女デビューなど遅咲きどころではなかった。

「はは、十八で恥ずかしいと言われると困るな。なら、私は二十二の爺だ」

その言い方がおかしくてつい笑ってしまう。気遣って、リラックスさせてくれようとしているのが感じ取れた。

「そんな、男と女の年の数え方は違いますよ。男の方はまだこれからではないですか」

何気なく顔を上げて息を呑む。

男の背後に青銀の鱗、群青の双眸の龍がとぐろを巻いている。あまりに巨大で神々しく、畏怖より先に魅せられてしまった。

(私、この龍を知っている)

そう、阿白と初めて出会った時に確かに見た。

「お前は……」

男に声を掛けられなければ、惚けた顔のままだっただろう。

「えっ……」

目を瞬かせた途端龍は消えてしまい、小梅は今のはなんだったのかと首を傾げた。

酒の匂いに酔い、幻を見たのだろうか。

(それともここ最近、こき使われて疲れていたから?)

一方、男もなぜか小梅の背後を凝視していた。

「鳳凰《ほうおう》……?」とぽつりと呟き、「馬鹿な」と苦笑する。

「少々酔いすぎたようだ」

その顔を見て小梅は二度驚いた。

なぜなら――。

（阿白……？）

髪は髻《たぶさ》を巻き立てて巾子《こじ》でまとめているが、色は紛れもなく瑠璃色である。

同じ色の濃く細く真っ直ぐな眉。その下にある切れ長の一対の目の中には、太陽にも似た黄金色の瞳が収まっていた。意思の強さが光となって輝いている。

通った鼻梁も、気品ある薄い唇も、男らしい鋭利な頬の線もすべてが阿白を連想させた。

小梅の顔を見て男も目を見開く。

「お前……藤のような瞳をしているな。名はなんと言う？」

（私だってわかったの？　それともわからないの？　あなたは阿白ではないの？）

「私は……」

小梅だ。あなたは何者なのかと尋ねようとして、名を明かすなと言い付けられたことを思い出す。

周囲に他の妓女もいる以上、規則を守らなければ、あとからどう処分されるのかわからない。妓楼での約束事は絶対なのだ。

ぐっと堪えて母の名を騙る。

阿白なら自分だと見抜いてくれるはずだった。

「……明玉《ミンユー》です。お客様はなんとお呼びすればよろしいですか」

「名無しと言いたいがそういうわけにもいかないだろうな。そうだな……白とでも呼んでくれ」

男はこんなところでくらいは自分の立場を忘れて、一人の客になりたいのだと苦笑した。

「……！」

やはり、偽名からして阿白なのではないかと思えてならない。

だが、阿白ならなぜこんな他人のような態度を取るのか。

（別人なの？　でも、こんなに似ていて……）

少年か、大人かの差はあるが、青年はやはり阿白によく似ていた。成長すればこうなっていただろうと思うような――。

「お前も飲むか？」

絨毯に置かれていたもう一つの盃を差し出される。

「あっ、私、飲めなくて……」

反射的に答えてしまったと口に手を当てた。

客から酒を勧められた場合、飲めなくとも舐める振りはしておけ、決して断ってはならないと注意されていたからだ。

「も、申し訳……」

だが、白と名乗ったその男は気にした風もなかった。

「ああ、構わない。気にするな。飲めぬ者がいるとは知っている。無理強いをしても酒が不味くなるだけだ」

「……」

小梅は目を瞬かせた。

貴族や富裕層は基本的に傲慢で、人を人とも思わぬ者ばかりだ。貧民に対してならなおさらである。

小梅の父もそうだった。命じることに慣れていて、逆らわれるなどとは考えもしない。

そんな中で唯一の例外が阿白だった。

(やっぱり阿白なんじゃ……)

男が微笑みながら小梅を見下ろす。

「さて、飲めないなら酒の代わりに話で酔わせてもらおうか。明玉、嘘でも真でもいい。身の上話を聞かせてくれないか」

「身の上、ですか……」

反応を確かめたいこともあって、正直に語り始める。

「私は貧民の生まれです。母は下級貴族の愛人だったのですが、奥様の逆鱗に触れて追い出されました」

「……」

形のいい、男らしい眉がピクリと上がる。

「そうか……。まったく、どこにでもある嫌な話だな……」

「その後、食うや食わずの暮らしをしていたのですが、友だちの男の子が助けてくれて。その子もお客様と同じように白……阿白と名乗っていたんです」

黄金色の双眸がわずかに見開かれる。

小梅は早鐘を打つ心臓を押さえながら話を続けた。

読み書きができるだけではなく、経理の能力があり算木も使いこなせること。その経験でなんとか世の中を渡ってきたこと。現在紅梅楼で経理を担当しているのだが、妓女が不足していたので駆り出されたこと。

「でも、阿白とはあの政変以来連絡が取れなくなっていて……。無事なのかどうかだけでも知りたいのですが……」

男はふむと顎に手を当てた。

「なるほど、私と同じ髪と瞳の色か。これらの色彩は都では珍しいが、東方ではよくある組み合わせだ」

「えっ、そうなんですか」

「我が一族の祖先の出身地は東方だそうだからな。その阿白とやらも遠縁か東方人なのかもしれない」

男は酒を飲みながら溜め息を吐いた。

「……あの政変では多くの者が命、あるいは身分、地位、財産を失った。阿白がそこに含まれていなければいいが……」

やはり話し方は他人事だ。

（やっぱり他人のそら似なのかしら）

それ以上踏み込めずに会話が途切れてしまう。

「あの……あなたは」

「阿白ではないのか」——いよいよ核心に切り込もうとしたその時、「小梅！」と小声で名を呼ばれた。

小梅をここに連れてきた妓女だった。

「ごめんね。お酒持ってきてくれる？　白酒の方ね」

「あっ、はい。白様、申し訳ございません。少々席を外してもよろしいでしょうか？」

「商売繁盛はいいことだ」

白は咎めもせずに小梅を見送った。

厨房に向かい、酒を酒瓶に詰めながら、やはりあの男が気になってしまう。

（だって、髪や瞳の色の色はともかく、あんなに綺麗な顔立ちなんてそうはいないはずなのに……）

宴会場に引き返し、先ほどの男を捜す。しかし、夜風に当たりにでも行ったのかその姿はなかった。

また、先ほど十人いた宴会場から、数人が妓女とともに姿を消している。恐らく、それぞれの寝室に向かったのだろう。

そろそろお開きになる頃だろうか。

他に連れのいない客、盃の空いた客はいないかと見回す。途中、背後からぐっと肩を掴まれ危うく背から倒れそうになった。

「きゃっ！」

「おう、捜していたぞ」

別の妓女が接待していた客の一人だった。絡み酒らしく妓女は随分苦労していた。

「やっと空いたか。俺、あんたのこと狙ってたんだよ。ほら、こっち来いよ」

男は小梅の肩を抱き寄せると、酒臭い息を吹きかけた。

「ああ、やっぱり、こんなにいい女は初めてだあ……」

頬を擦り寄せられ背筋に怖気が走る。

「は、放してください。私は妓女では……」

「あのなあ、金一本も払ったんだよ。俺の一年分の給料だぜ？　一晩は付き合ってもらわなきゃな」

「……っ」

女将に売り飛ばされたのだと知り絶句する。

「わかったなら、ほら、こっち来いよ」

恐怖で男の手を振り払えない。その間にもずるずると寝室へ引き摺られていく。

男は金だけはあるらしく、上客しか入れない、二階の南の間を予約していた。足で乱暴に引き戸を蹴り開く。

天蓋付きで朱塗りの贅沢な寝台も、総黒檀の調度品もなんの心の慰めにもならない。助けてと叫びたかったが喉が凍り付いて声すら出ない。

「なんだ、随分緊張してんな。もしかして初めてか？」

「……」

思わず身を強張らせてしまう。その態度が答えになってしまったのだろう。

男は「そりゃあいい」とたちまち上機嫌になった。

「一生忘れられないようたっぷり可愛がってやるよ」

いよいよ中に連れ込まれそうになる。途端に今まで耐えに耐えた理不尽への怒りが込み上げてきた。

（まったく、どいつもこいつも……）

父といい、女将といい、この男といい、何かと搾取しようとする。

（結局炊きたてのご飯をお腹いっぱい食べられなかったし！）

どちらかと言えばそちらの怒りの方が大きかった。

「放してよ！　放せっ！」

手足を振り回して無茶苦茶に暴れる。

「わっ、何しやがる！　妓女のくせに！」

「妓女じゃない！」

激しく揉み合ううちに、気が付くと男の急所を蹴り上げていた。

「ギャッ」

男は股間を押さえてその場で悶絶していたが、やがて怨念の籠もった目で小梅を見上げた。

「このアマ……。殺してやる！」

「やれるもんならやってみなさいよ！」

ところが次の瞬間、またもや「ギャッ」と蛙が潰れるような声がし、今度は何事なのかとぎょっとして目を見開く。

男は今度は腹を抱えて廊下に転がっていた。

「貴様、何をしている」

「う、うう……」

男は呻きながら声の主を睨み付けた。

小梅も突然登場した第三者に目を向ける。

「あっ、先ほどの……」

白と名乗った瑠璃色の髪、黄金色の瞳の男だった。

先ほどは胡坐を掻いていたのでわからなかったが、こうして見ると随分と背が高い。小梅の頭一つ分以上視線が上にある。

武術、馬術を嗜んでいるのか、盤領袍を着ていても肩幅の広さと胸の厚さ、上腕二頭筋の盛り上がりがよくわかった。

「なんだよ、お前は……。俺はその女に金を払ったんだぞ！」

「……なるほど、金か」

懐に手を入れ、金の延べ棒を三本放り投げる。

小梅も客の男も目を見開いた。気軽に持ち歩く金額ではない。

「……これで失せろ。確かお前は許子和だったな。許家の入り婿だったはず。この件を妻に知られたくはないだろう」

客の男の顔が瞬く間に青ざめていく。

「な、なぜ俺の名前を……」

約一分間、白の顔を穴が空くほど見つめる。そして、「まさか」と呟くが早いか、床に手をつき後ずさった。

「ひっ……お、お許しください！　ほんの出来心だったんです！」

「ああ、そうだろうな。何せ酒が入っていたのだから。とはいえ、私も理不尽な真似をした。慰謝料も足しておいたから、その金子を取っておけ」

「は、はい……！　だ、だからこれ以上は……！」

客の男はコクコクと頷くと、廊下に散らばった延べ棒を拾い集め、這々の体でその場から逃げ出した。途中、一本落としたが気付いていないようだった。

白と名乗った男はその延べ棒を手に取り、「あとで女将に渡しておくか」と呟いた。

「あ、あの……」

小梅はようやく我に返り男に礼を述べた。

「あ、ありがとうございます。助かりました……」

「たいしたことではない。ただ、お前はもうこの妓楼にはいられないかもしれない」

男の言葉にはっとする。

客の男の顔を潰してしまったのだ。女将は怒り狂うに違いなかった。

また、一からやり直しかとがっくりして肩を落とす。

男はそんな小梅を見下ろしていたが、やがておもむろに懐から書状を一枚取り出した。

「お前の職を奪った詫びに一つ提案がある」

「提案？」

「ああ、そうだ。算木ができ、経理の経験があると言っていたな」

書状は文章からして推薦状だった。複数の官吏の白文の印が押されているので、間違いなく公的に通用するものだ。

「これは……」

「明日、後宮の宮女の選考試験がある。下女ではなく事務方だ」

宮女とは宮中に仕える女の総称だ。

なお、少々ややこしいのだが、更にそこから地位が高い宮女は女官、女官の部下を宮女、下働きや雑用のみを任された身分の低い宮女は下女と呼ばれる。女官が役職者、宮女が平の正社員、下女が雑用係のバイトと言ったところだろう。

つまり、今回募集されているのは正社員ということになる。

「二十人の候補の中から、五人選ぶことになっている。候補者はほとんどが官吏の娘やその親族出身だ」

後宮の宮女は皇帝の后妃たちや皇帝自身に直に接することになる。ゆえに、確かな身元が求められていた。

「だが、この書状があれば、身分を問わずに一人推薦できる」

今日、紅梅楼を訪れるまでは、推薦するに値する令嬢を見つけられず、候補者の中から選ばせるつもりだった。

しかし、小梅と話して気が変わったのだという。

「お前、これから先もみずからの力で生きたいと望むか」

「あなたは、一体……」

「しがない宮仕えの男に過ぎない」

秀麗な美貌とバランスよく鍛え抜かれた体格、立ち振る舞いや言葉遣いからして、男は貴族なのだと思われた。それも、相当身分が高く地位もある人物だ。

「どうだ。人生を変えたいか」

小梅は目を瞬かせていたが、ぐっと拳を握り締めて頷いた。

「変えたい、です……」

どれだけ力を尽くしても、貧民と平民、平民と貴族ではスタート地点から差がついている。だから、チャンスがほしかった。

「どうか、その推薦状をください」

「それでもお前は不利だがそれでもいいか」

「……構いません。どうせ今までもずっと不利だったんですから」

手渡された書状を胸に抱く。

男は唇の端に笑みを浮かべた。

「後宮の会計と財務を担う宦官が、現在会経理の補佐を求めている。……這い上がってこい」

「……！」

先ほどまでのショックを忘れて小さく頷く。

「……ありがとうございます。頑張ります」

このチャンスを逃してはならなかった。

同時に、なぜこの人は今日知り合ったばかりの自分に、こうも親切にしてくれるのかと首を傾げる。

「どうしてですか？」

阿白ではないのなら心当たりがまったくなかった。

「……」

男は黄金色の目を細めて小梅を見下ろした。

「昔少しお前に似た少女と話したことがある。数回会っただけだったが、今でもその少女の言葉を忘れられずに胸に抱いているのだよ」

おかげでぎりぎりのところで道を踏み外さずに済んだと微笑む。

「大切な友を失わずに済んだ」

その微笑みに込められた思いがなんなのか、小梅には推し量ることすらできなかった。

「いつか恩返しをしたかったが、あれ以来会えていない。だから、せめて同じ色の瞳のお前にと思った。くだらぬ感傷だ」

「そう……だったんですか」

だが、その感傷のおかげで小梅はチャンスを得たのだ。その名も知らぬ少女に心の中で深々と頭を下げた。


小梅はその夜のうちに素早く着替えて荷物をまとめ、客に交じって一人そろりと紅梅楼を抜け出した。

――あのあと男は小梅を一人残し、紅梅楼から出て行った。

『女将には私が許にお前を譲ってもらったが、その気になれなかったと伝えておく』

と言い残して。

『恐らく、今後はお前にも他の妓女たちと同じく、逃げ出せないよう監視の目がつくことになるだろう。もし抜け出すのだとすれば夜が明けるまでだ』

男の言う通りだった。

妓女たちのほとんどが親、ひどい場合には恋人や婚約者、夫に売られた者だ。借金を全額返すまでは紅梅楼から抜け出せない。

表門にも裏門にも屈強な警備の私兵が見張っており、自由に出入りできないようになっている。逃げ出したところでほぼ連れ戻され、女将に罰として折檻される。

小梅が比較的自由を許されていたのは、事務員で、たいした借金もなかったからだ。その借金も昨日あの男が払ってくれた金で帳消しになっているだろう。

だが、あの強欲な女将が自分も商品になると知った以上、黙って行かせてくれるとは思えなかった。

だから、まだ私兵たちの警戒が緩い今夜のうちだ。

幸い、私兵に怪しまれることも、騒がれることもなく、小梅は胸を撫で下ろした。

その後割高ではあったが、女一人の身の安全を考え、禁城近くの宿屋に少々高い部屋を取った。

これで晴れて一文無しである。

寝台に身を投げ出し溜め息を吐く。

(明日の選考は……どんなことをさせられるんだろう)

ひとまず、宮廷に出入りする貴族や官吏の目に晒されるのだ。身なりを整えなければならないのはわかっていた。

荷物の中からも数枚の多少ましな衣服を取り出す。昨夜妓女から白粉と紅を少々分けてもらってよかったと思った。

(これで少しは化けられるかしら。でも、化粧しようにもちゃんと映る鏡がなかなかないのよね)

焔の鏡は青銅から製造されており、新しいうちは比較的よく映るのだが、少し経つと錆びて見えにくくなる。酢を含ませた布などで磨けばまた使えるが、手間がかかる上にそもそも鏡自体が高価で、庶民に普及しているわけではない。

紅梅楼でも二つしかない鏡を、妓女たちが争うように交代で使っていた。事務員の小梅に回ってくるはずもない。

そのために、小梅は化粧をしたことがないだけではない。自分がどう成長し、現在どんな顔なのかもよくわかっていなかった。もっとも、容姿を気にする必要はなかったので興味もなかったのだが。

(どうなるかわからないけど、私がやるべきことはただ一つ。……頑張るだけよ)

荷物からそっとボロボロの折り畳んだ紙を取り出す。

ずっと壁に貼り付けていた元始天尊の絵姿だ。仕事が忙しく道観に行けない日には、「どうか阿白が無事でありますように」と、この絵姿に祈りを捧げていた。

小袋に入れてお守りにする。

(元始天尊様、阿白、どうか私を守ってください。そして、阿白、どうかあなたが無事で、元気でありますように。そして、またいつかどこかで会えますように)

——推薦状をくれたあの白と名乗った青年は、自分の知る阿白ではないのだろうと諦めがついていた。

容姿に共通点はあるものの、年齢は二十二歳と言っていたからだ。阿白なら今年で二十歳のはずだった。

溜め息を吐き明日着る予定の衫の懐に入れる。

明日の選考試験は午前からなので、早く眠らなければならなかった。
再び寝台に身を横たえ瞼を閉じる。
（宮女になれるにしろ、なれないにしろ、あの人にはお礼を言わなくちゃ……）
夢の世界に行く直前、脳裏にあの男の微笑みが浮かんだ。

第三章「転職先が後宮だった件」

皇帝が住まい、大焔帝国の政治、行政、経済、すべての中心地である禁城——その広さは計算したところ東京ドーム十八個分に相当し、うち三割の敷地面積を後宮が占めていた。

前世でもこれほどの規模の建築物群を目にしたことはない。

（もう、これって小さな国よね。バチカン市国みたいに、国の中に国があるみたいな……）

なお、門も四つあり、正門に当たる南の午門が正門となっていた。

なお、午門を潜るには王侯貴族の出身でならない。小梅のように平民どころか貧民出身で、かつ女となると、北にある最奥の神武門しか通れなかった。

（よ、余裕持ってきてよかった……）

午門から城壁をぐるりと回って神武門に辿り着くまでに、なんと一時間半かかったのだ。

神武門前にはやはり今日の宮女の選抜のためにやって来た、候補者の送り迎えのための軒車が停車していた。皆貴族ではなくても両親が揃った、しっかりした身元の娘なのだろう。

めげそうになる自分にカツを入れる。

（小梅、しっかりしなさい。あなたには他の候補者にない武器があるでしょう？）

前世の記憶から得た知識と教養、そして、現世の貧民生活で鍛え抜いた図太さだ。

顔を上げて神武門を見据える。

入り口は軒車も潜れる中央のアーチと、その左右にある観音開きの扉が開け放たれた人間のみのためのものに分かれていた。右が男性用、左が女性用である。

それぞれの出入り口の前には屈強な兵士が四人ずつ立ちはだかっていた。

「あのう……」

声を掛けると兵士の一人がなんだと小梅に目を向けた。そのまま惚けて口を開いたまま固まってしまう。更に食い入るように凝視され、小梅は何事かとたじろいだ。

(どうしたのかしら?)

ひとまず懐から推薦状を取り出した。

「本日、宮女試験に参りました者ですが……」

「あ、ああ、失礼した。……!?」

兵士の顔色が一気に変わる。

「これは……」

他の兵士も推薦状を覗き込み、ぎょっとして小梅を招き入れた。

「どうぞ、中にお入りください！　すぐに係の者が案内しますので！」

どうやらあの推薦状にはよほどの効力があるらしい。ますますあの男の正体が気になった。

間もなくやって来た案内人は三十代前半ほどの上品な女性だった。

「これは……どう考えても司楽《しらく》向きでは……」

「えっ、なんでしょう?」

「いいえ、なんでもありません。面接前にはお化粧もされた方がよろしいでしょうね。手持ちのものがなければこちらで準備いたします」

それにしても、身元確認もされないとはと推薦状の効力に恐れ入る。あの男は相当身分が高かったのか。一体何者だろうと再び気になった。

その後、後宮の尚宮局《しょうぐうきょく》へと案内され、衝立《ついたて》で区切った一室に案内された。

控え室に当たる二十畳ほどの部屋で、すでに候補者らしき娘が用意された椅子に思い思いに腰掛けている。壁際には鏡や化粧品、化粧道具の置かれた長テーブルが置かれていた。これらは自由に使っていいものらしい。

新たなライバルがやって来たと言わんばかりに、十人の娘たちの目が一斉に小梅に向けられる。皆次の瞬間ぽかんと口を開けた。先ほど門の前にいた兵士と同じ顔になっている。

「えーっと、失礼します……」

居心地の悪さを覚えつつも中に入り、ひとまず化粧品を手に取った。

(やっぱり白粉くらいははたいておいた方がいいわよね)

フォーマル感を出すために紅も必要だろう。おてもやんになってはまずいので、鏡を見ながら化粧しなくては。

やれやれと近くの椅子に腰を下ろし、鏡を覗き込んでぎょっとする。

さすが女の園の後宮。身だしなみには多額の予算が付けられているのか、鏡も磨き抜かれてピカピカ。ありのままの小梅の顔を映し出していた。

「えっ、誰これ？」

再び注目を集めてしまい、慌てて口を押さえる。

（えっ、いや、本当に誰？）

鏡の中には見たこともない、天女と見紛う女が驚愕に目を見開いていた。

黒くくっきりとした三日月眉の下に、けぶる睫毛に縁取られたどこか潤んだ大きな目。くっきりした二重のせいでアイラインなど引く必要もない。鼻は小さく筋が通っており、柔らかそうな唇は淡い桜色をしていた。女性らしい卵形の輪郭には、つい指でなぞりたくなる柔らかさがある。

そして、何より特徴的な藤色の瞳が、可愛らしさのある美貌を神秘的に彩っていた。

（ま、まさか私⁉）

思わずまじまじと凝視してしまう。

引き籠もっていた三年間で日焼けや肌荒れは綺麗になり、むしろ陶磁器のような肌理《きめ》細かさがあった。

「ねえ、まだ終わらないの？　次に使いたいんだけど」

「あっ、申し訳ございません」

電光石火の早業で化粧を済ませ、狐につままれた気分で近くの椅子に腰を下ろす。

（ええ、これって本当に私の顔なの？　嘘お？）

娘たちの何人かは知り合いなのだろう。また小梅をちらりと見たかと思うと、何やらヒソヒソ話し合っている。

「あんな……な子が来るなんて聞いていないわ」

「絶対……するわよ」

好意的な雰囲気でないのはわかる。

（まあ、ライバルだものね。お互いに負けられないし）

だが、小梅は自信があった。今日は筆記試験と面接があると聞いているが、筆記試験は基礎の数学と過去の記録を使っての出納帳の記入など、まさに元経理には得意分野だったからだ。

「それでは、会場へご案内します。皆様こちらへどうぞ」

試験会場も衝立で区切られた部屋で、先ほどの控え室と違うところは、小さい机と椅子が一人ずつ用意されており、御簾《みす》で区切られているところだった。カンニングを防ぐためなのだろう。

用意された墨を筆に含ませ、巻物式の試験問題に目を通す。どれも中学の数学レベルの簡単な問題だった。

難問が数多く出されると覚悟していたので、これでは皆が合格するのではないかと首を傾げる。

試験時間は午前一杯だったのだが、十一時頃には終わってしまった。他の数人もすでに解き終えたようで、席を立っている娘もいる。

なお、筆記試験は終えた者から控え室に戻ってもいいことになっている。

小梅も腰を上げようとしたのだが、もう一度見直しをすることにし、時間ギリギリまで確認した。間違いも、解き漏れも、誤字脱字もなかったので、ほっとして筆を下ろそうとする。すると次の瞬間、いきなり背後からドンと押された。

「きゃっ！」

その拍子に硯《すずり》に入れていた墨が零れ、巻物を黒く染めてしまった。

「あら、ごめんなさい。ちょっと転びそうになって」

同じ試験を受ける娘の一人だった。咎める間もなくそそくさと立ち去ってしまう。

一方、小梅は呆然と問題用紙兼解答用紙を見つめた。

下半分が墨に染まってしまい、解答が読み取れない。試験監督の宮女に予備をもらおうとしたのだが、一人一巻と決まっていると断られた。

（ああ、落ちた……）

不本意な流れにがっくりとする。

（ううん、諦めるのはまだ早いわ）

まだ面接があるではないかとカツを入れる。配点がどうなっているのかは知らないが、最後まで全力でやるしかなかった。

面接は別室に一人一人呼び出され、これまでの経歴や特技について質問された。

嘘を吐いたところで身元調査をされればすぐにバレる。

だから、下級貴族の父の愛人の子であることも、その後貧民として母と二人きりで暮らしてきたことも、妓楼に売り飛ばされ経理を担当していたことも包み隠さず話した。

波瀾万丈、かつ貧民出身という変わり種の小梅の半生は、面接官の宦官、女官の興味を大いに引いた。

「それではあなたはろくに肌の手入れをしたこともないと」

「はい。そんなお金はありませんでしたから」

「ところで、太りやすいかしら？」

「いいえ、まだ十代だからかもしれませんが、今のところ鍋一杯の粟粥を毎日食べても体型は変わりません」

「まあ……」

女官二人が顔を見合わせ、中央の席の宦官に目配せをする。

小梅は狐につままれた心境だった。先ほどから意図を把握できない質問ばかりされる。

筆記試験が悲惨な結果になるに違いない分、そのようなことよりも紅梅楼での仕事ぶりを語りたかったが、実務の能力についてはまったく質問されなかった。

（ああ、これは落ちたわ）

司簿には相応しくないと不合格判定をされたのだろう。だからこそ、どうでもいいことばかり聞かれる。

「最後に何か質問はありますか？」

「あっ、はい。交通費はいただけるのでしょうか」

紅梅楼から脱出してまで選考に来たのだ。何かもぎ取らなければ気が済まなかった。

「ええ、交通費、宿泊費、食費、すべてこちらから出します。今夜の夕食も用意していますよ」

「えっ、本当ですか」

よかった。ひとまずタダ飯にはありつけそうだと息を吐く。

「夕方には合格発表があるので、それまでは控え室にいてくださいね」

「かしこまりました」

どうせ落ちたのだから時間の無駄だとは思ったが、経費は合格発表ののちに支払われると聞いて、なら仕方がないかと控え室でぼんやり時を過ごした。

先ほど筆記試験の妨害をした候補者の娘たちは、小梅からもっとも離れた席を陣取り、やはりヒソヒソ、コソコソ話し合っている。

ここが禁城でなければ抗議していただろうが、人の目がある以上ぐっと理性で堪える。

（悔しい……）

実力で落ちるならともかく、こんな形で落ちるのは不本意だった。

(諦めたくない)

次に選考があるのはいつだろう。またチャンスがあれば選考の候補者になりたい。いいや、あの推薦状がなければ無理だ――そう考える間に時が過ぎ、気が付くと日が暮れていた。

宮女の一人が控え室に現れ、「合格発表がありました」と告げる。

「尚宮局外の南側の壁に貼り出してありますので、ご確認ください。合格者の皆様は控え室に戻り、指示があるまで待機していてください」

気が進まなかったものの、合格者の名を見てやろうと外へ出る。

確か、妨害した候補者の娘の名は孫白蘭だったか。もし彼女が合格しているようなら、その悔しさをバネにまた選考があり次第、岩に齧り付いてでも合格するつもりだった。

宮女の選考は尚宮局だけではなかったのか、白塗りの塀の前には百人近くの娘がたむろしていた。

「絶対落ちているわ」

「あなたなら大丈夫よ。あっ、私司楽に合格しているわ！」

合格発表の風景は古今東西同じだとしみじみしつつ、人込みを縫って貼り出された紙の前に立った。

「ええっと、尚宮局司簿、尚宮局司簿……」

推薦状をくれた男の予告通り、二十人のうち五人が合格している。自分を妨害してまで合格したかっただろうに、孫白蘭の名はなかった。そして――。

「あった……」

信じられずに頬をつねる。

（だって、筆記試験めちゃくちゃにされたのよ⁉）

面接でも実務経験ではなく生い立ちや容姿のことばかり聞かれたので、これは落ちたとがっくりしていたのに。

今日は感情のアップダウンが激しかった分、どっと疲れが出てその場にしゃがみ込んだ。

「よかった……。元始天尊様、ありがとうございます……」

毎日祈っていたので多少は御利益があったのだろうと頷く。

それからどれくらいの時が過ぎたのだろうか。気が付くと皆姿を消していた。合格者はそれぞれの控え室へ、不合格者は帰宅したのだろう。

自分も控え室に向かわねばと慌てて立ち上がる。すると、身を翻したところで背に声を掛けられた。

「神頼みか？　そのような性格には見えなかったが」

「あっ、あなたは……」

――見上げるほどの身の丈と秀麗な美貌は、間違いなく推薦状をくれたあの男だった。

目を凝らしたが青い龍は見えない。やはり、あれは酒の匂いを嗅いで見た幻覚だったのだろう。

「ありがとうございます！」

男に向かって深々と頭を下げる。

「おかげで合格できました」

一体なぜ合格したのかはさっぱりわからなかったが、採点ミスだろうが何かの間違いだろうが、理由などなんでもいい。今後は衣食住に不自由しない暮らしができる——それがもっとも大事だった。

男は唇の端に笑みを浮かべた。

「元始天尊を女が崇めるのは珍しいな」

確かに、女性に人気の神は美を司る瑤姫《ようき》や良縁をもたらす碧霞元君《へきかげんくん》などの女神である。

「はい、一番偉い神様だと聞いて、だったら全範囲カバーしているでしょうし、神頼みをしても頼もしいかなと」

阿白との別れで小梅は思い知った世の理があった。

自分でどうにかなることと、どうにもならないことがあって、どうにもならないことの方がずっと多い。

だが、どうにもならないからとすぐに諦めていては、本当の意味で人生が終わってしまう。

だから、少しでも運が向くように、最後まで頑張れるようにと祈るのだ。

（……きっと阿白も生きているし、頑張っている）

そう信じている。

いつかまた会えた時のためにも、恥じない自分でありたかった。

「本当に、感謝しています。もう、どうなることかと……」

緊張が抜け落ちたからか、足から力が抜け落ちそうになるのを堪える。

男は目を細め小梅を見下ろした。

「よく頑張ったな」

頭に手を乗せ子どもをあやすように撫でてくれる。

――温かい手だった。

「ここまで来たのはお前の力だ。運を引き寄せるのも実力だからな」

「あ、ありがとうございます……」

目の奥から涙がじわりと滲み出る。

そんな言葉を最後に聞いたのはいつだっただろう。前世に遡らなければ思い出せなかった。

さて、合格者の一人がいつまでも控え室に来ないので、何かあったのかと捜しに来たのだろう。

先ほど尚宮局で見かけた女官が小走りに兵の近くにやって来た。

「慮さーん、慮小梅さん、いらっしゃいますかー」

「あっ、はい」

こんなところでしみじみしている場合ではない。

小梅はあらためて男に頭を下げた。

「お礼はまた後ほど……。お名前を教えていただけませんか。それと、お勤め先も」

禁城内に出入りしているということは、やはりこの男は官吏の一人なのだろう。身なりの良さからして高級官僚ではないかと思い込んでいたのだが――。

女官が男に目を留め絶句して立ち尽くしたかと思うと、その場に平伏し額を擦り付けた。

「なっ……なぜこのようなところに……」

「一度宮女の選考がどんなものかを知りたくてな。見学させてもらった」

「えっ……えっ？」

話がまったく見えずに首を傾げる。

「あのう、あなたは一体」

「慮さん！　せめて頭を下げて！　そのお方は皇帝陛下にございます！」

「……」

約十秒、男の秀麗な美貌をまじまじと見つめる。

「こっ、皇帝陛下～!?」

なんとこの男はつい数年前即位したばかりの、大焔帝国皇帝の康熙だったのだ。

◆◇◆◇◆

宮女一日目の朝。

今日から一ヶ月は研修ということで、小梅は一歳上の李婉児《リ・ワンジ》という宮女について、マンツーマンで指導を受けることになった。

今後働くことになる後宮の部署は、六ある部署のうち尚宮局と呼ばれるところだ。後宮の人事、経理、書類の管理を担当する。

尚宮局は更に四つある課に分かれており、経理課に当たるところは司簿と呼ばれていた。つまりは総務部経理課といった感じなのだろう。

贅沢にも何本もの朱塗りの柱に支えられ、天井に雷文と龍神の彫刻された廊下を歩きながら説明を受ける。

「私たちはお妃様ごとに出納帳をつけて、小口現金の管理をして……。時々菓子や宝飾品なんかの御用達の商売人が出入りするけど、お妃様たちが何か買ったら、必ず領収書を受け取っておくこと。砂糖菓子一個でもね」

なるほど、前世の経理の仕事とたいして変わらなかった。これならすぐに慣れそうだとほっとする。

「どう？　できそう？」

「はい、計算は得意なので」

何せ前世では無遅刻無欠席、勤続十一年のベテランだったのだ。

「ああ、よかった。そういう人を探していたよ。でも」

婉児は隣の小梅をまじまじと見つめた。

「あなたくらい綺麗な子だったら、そのうち尚儀局《しょうぎきょく》から声が掛かるかもね。うちの局って異動が早いのよ。異動にならなくても手伝いに駆り出されることがあると思うわ」

尚儀局とは式典や行事を担当する部署だ。中でも司楽は皇帝が後宮で食事や茶、宴会をする際におもてなしをする役――つまりは皇帝専属キャバ嬢である。

なるほど、なぜ宮女に支給される制服の裳、衫、披が事務方の宮女にしては華やかなのかを悟った。いつ、何時そうした部署に駆り出されるのかわからないからだ。

「やめてくださいよ！」

小梅は首をぶんぶん横に振った。

「私、あの手の仕事はまったく向いていないんです。結局、さしすせそも全然言えませんでしたし。数字はどんなものでもいいんですけど……」

「向く、向かないの問題じゃないの。お妃様たちだけじゃない。後宮の女はどんな仕事をしていようと皆皇帝陛下のものだから。お手つきになることも珍しくないわ」

「そんな……」

白さん――康熙は戯れに女に手を出すような、そんな人ではないと信じたかった。

「まあ、と言っても」

婉児はやれやれと肩を竦める。

「前帝陛下にはよくあったそうだけど、今上帝陛下についてはどうかしらね。あっち方面は弱いのかも」

「どういうことですか？」

「お妃様が三十人しかいないのよ」

「はっ⁉　さんじゅうにん⁉　〝しか〟⁉」

現皇帝康熙は歴代の皇帝陛下と比較すると、これでも后妃の数がぐっと少ないのだそうだ。

「いやいや、十分多いでしょう。毎日通っても一ヶ月かかるじゃないですか」

「ううん、少ない方よお。前帝陛下は百人近くじゃなかったかしら。宮女を含めると千人。初代皇帝陛下はお妃様だけで千人……。記録によると多い時で一万人いたそうよ」

小梅はさすがに絶句してその場に固まった。

後宮は綿密な都市計画に基づいて設計されていると聞いたことがある。

初めはなぜ都市でもないのに都市計画なのかと不思議だったが、後宮内は建ち並ぶ建築物や妃、宮女たちの数だけではなく、動く金も大きい。

小都市のようだとは思っていたが、まさかそこまでの規模だった時代もあったとは。しかも、宦官を除く人口のほとんどが女というのだから凄まじい。

「ね、千人に比べればショボいものでしょう」

「えっ、じゃあ、初代皇帝陛下の場合、一年三百六十五日として、朝、昼、夜、頑張って三人お相手されてやっと全員って感じですか？」

「そういうことね。まあ、実際にはお気に入りの何人かをご寵愛するんだけど」

「……ですよね」

いくら精力旺盛な男でも、毎夜欠かさず違う相手とベッドインはキツそうだ。一人引き籠もって酒を呷りたい夜もあるだろう。

それにしても、康熙が現在寵愛する妃は誰なのだろう。

一人、二人はいるだろうと恐る恐る聞いてみると、「それが、全然」との返答だった。

「好みの方がいないのかしら。まだどのお妃様にもお渡りがないの」

また、皇后も立てられていないのだという。

「お妃様たちの実家の規模を見てみると、誰にしても角が立ちそうだものね」

前帝は皇后の出身家一族に悩まされ、粛清せざるを得ないところまで追い詰められている。宮廷ではまだその記憶が生々しく、どう選んだものかと臣下ともども苦慮しているのだろうと。

なお、前帝は各妃たちとの間に公主が五人、公子が二人おり、全員母親が違う。

現皇帝康熙は例の政変後、廃妃に代わって貴妃から皇后に立てられた、弱小貴族の姫君腹なのだという。

その後ろ盾の弱さもあって立后には慎重にならざるを得ないのかもしれなかった。一歩間違えれば再び外戚に呑み込まれる恐れがある。

外戚と聞いて小梅は首を傾げた。

「もう一人の公子様は廃妃腹ということで、一度流刑になったと聞きましたが、なぜ殺されなかったのでしょう？」

しかも、その後康熙に許されて宮廷に戻っている。また、禁軍の将軍の地位を与えられてもいた。政権の不安要素であるはずなのに。

「まあ、まずは陛下の恩情よね。どういうわけかずっと処刑されなかったの」

婉児は肩を竦めた。

前皇帝が崩御後、新政権の不安要素になるからと、臣下たちは皆こぞって公子の処刑を主張したのだという。

だが、当の康熙が断固としてその要請を突っぱねた。有能な臣下の意見を差し置いてでも決して意見を変えようとしなかった。

それだけは何があろうと決して譲らなかったのだという。聖明を殺すことは許さないと。生きて東陽に戻すのだと。魂に誓った私の信念だからと。

「その時陛下が聖明様を生かす理由として、主張されたのが後宮があるのと同じ理由。男系の血を守るためね。まあ、そう言われたら反論できないわよね」

現皇帝康熙にはまだどの妃との間にも公子どころか子が生まれていない。皇帝に万が一のことがあった場合のスペアだと聞いていた。

ただし、スペアの役割も皇帝に公子が生まれれば終わる。

そのため異母弟の皇弟は非常に不安定な立場で、しかも反逆者の一族出身であるため、その暁には殺される可能性が高いとも聞いた。

「あの、そちらの公子様はご結婚は……」

「立場が立場だから当分難しいでしょうね。聖明様に先に男児が生まれでもしたら何かと面倒でしょう」

つまり、聖明という名の哀れな公子は単なる保険で、中継ぎですらない立場なのだ。

それでも、殺されていないだけまだましなのだとか。

婉児は苦笑しつつ再び歩き出した。

「あの方には気を付けてね。多分、それもあって欲求不満なんだろうけど……」

「気を付けるとは？」

派閥争いでもあるのだろうか。できる限り巻き込まれたくはなかった。

婉児は少々言いにくそうだったが、「まあ、そのうちわかることだしね」と肩を竦めた。

「聖明様って女たらしの馬鹿公子って言われているの」

「……」

「女と見れば片端から口説いて、手を出しているって噂よ」

なるほど、そっち方面かと苦笑する。

「でも、宮女が後宮から出るには許可が必要でしょう？　陛下以外の男の方に会う機会はほとんどないと思いますし」

「まあ、それもそうなんだけどね。ああ、それともう一つ」

婉児は少々難しい顔で足を止めた。

「できれば名前を変えてほしいのよね。呼び名だけでもいいから」

「えっ、どうして……」

「あなたと同じ名前の人が一人いるの」

それも尚儀局トップの役職ある女官、尚儀と同姓同名なのだとか。

「それは……変えないとまずいですね」

「一字違いでもいいから適当に考えておいてくれる？　こんなことで睨まれるなんて馬鹿らしいでしょ」

「わかりました……」

母からもらった大切な名だが、事情が事情なのでやむを得なかった。

その後小梅は尚宮局司簿に向かい、一通り仕事の流れを説明され、妃の一人、河鈴麗《ハ・リンリー》を担当することになった。

鈴麗は南方出身で側室の最高位にあたる、四夫人《しふじん》のうち淑妃《しゅくひ》の位を与えられていた。

「その方はまだ十歳で、光り物なんて買わないから、お金の出入りが少ないのよね。せいぜいお菓子やおもちゃくらい。新人向けだと思うから頑張って」

「待ってください。十歳⁉」

小梅は思わず声を上げた。

後宮入りの対象は十六歳前後から二十代前半までの未婚女性のはずだ。時折例外もあると聞いてはいたが、ロリータだとは思っていなかったのでぎょっとした。

まさか、康熙にはその手の性的嗜好があるのだろうか。ショックどころではなかった。

絶句し、凍り付いた小梅を前に、婉児が違う、違うと慌てて否定する。

「その方はちょっとわけありなの」

鈴麗の出身は珀国《ボー》と言い、巫覡《ふげき》を得意とする女王の治める小国だった。政治のすべてを神意で決めていたというのだからすごい。

ところが、先代の女王が崩御したのち、本来なら一人娘の鈴麗が即位するはずだったのだが、彼女の叔父がやはり政変を起こし、王位を簒奪した。

この叔父はみずからの王座を脅かす、姪の鈴麗を殺害しようとしたのだが、そこで康熙が待ったを掛けたのだという。

「私の妃に寄越せってね」

康熙は前女王、鈴麗の母に恩があったらしく、みずからの妃とすることで、彼女を保護しようとしたのだと。

叔父も大焔帝国の皇帝の威光には逆らえず、しぶしぶ鈴麗を差し出したのだとか。

「だから、淑妃様はまだ十歳なのよ。さすがにお渡りはないわ」

「そ、そうなんですか。よかった……」

なぜだか心からほっとした。

「じゃあ、私、河淑妃様にご挨拶にうかがいます」

「よろしく。淑妃様はちょっと気難しい方だけど、頑張ってね」


河淑妃こと鈴麗は小国出身とは言え、女王から生まれた元皇太子であり、妃たちの中でも特に血筋がいい。

それゆえ、康熙の寵愛はなくとも、後宮南にある宮殿のひとつ、朱雀宮《すざくぐう》が割り当てられていた。

赤朽葉色《あかくちばいろ》の反り返った屋根と朱塗りの柱、庇の下の四神の舞う壮麗な彫刻は他の妃の住まう宮殿と同じだったが、外に赤い鞠《まり》が転がっているところが子どもらしかった。

（ここで遊んでいたのかしら？）

何気なく鞠を拾って手に取ると、「その鞠はわらわのものじゃ！」と、鈴を鳴らしたような愛らしい声が聞こえた。

振り返り声の主を確認する。

玄関前の階段で一人の少女が腕を組んでいた。

「えっ……」

思わず息を呑む。少女の背後に赤く猛り牙を剥き出しにした、半透明の巨大な龍を見た気がしたからだ。

少女を守るように小さな体を長く太い胴で取り囲み、手出しをしようものなら容赦せぬとばかりに目をかっと見開いている。

だが、次の瞬きまでには消えてしまい、錯覚だったのだろうかと首を傾げた。

再び少女の姿を確認する。

燃えるような赤毛に紫水晶色の瞳だった。

薄水色の無地裾に淡紅色と純白の小花柄の衫がよく似合っている。お団子二つが頭に乗った子どもらしい包子《パオズ》頭と大きな目、膨らんだ薔薇色の頬がなんとも可愛らしかった。

確かに可愛いのだが――。

「……河淑妃様でございますか？」

「いかにもそうじゃ！」

少女はムンと胸を張った。

「……」

思わずまじまじと見つめてしまう。

なぜなら、河淑妃こと鈴麗は十歳と聞いていたが、非常に小柄で五、六歳にしか見えなかったからだ。

鈴麗は小梅の目付きから何を思っているのかをすぐに察したのだろう。

「そちもわらわを子どもっぽいと思っておるのか⁉　無礼者め！」

さすが元珀国皇太子、プライドは一人前だ。

子どもとはいえ帝王学を学んだ少女だ。敬意を持って接しなければならなかった。

左手の拳を右手で包み、そのまま両手を左の腰に当て、膝をわずかに曲げて頭を下げる。

「大変失礼いたしました。先日司簿に配属となったばかりの若輩者ゆえ、ご容赦いただけないでしょうか。私は慮小梅。新たに河淑妃様の担当となります」

「ふん、仕方ない。顔を見てやろうではないか」

少女は——鈴麗はのしのしと歩いてきたかと思うと、いかにも尊大そうに腕を組んで頭を下げる小梅を見上げた。

だが、すぐにはっとして目を瞬かせる。

「お前……母上に似ておる。藤色の瞳も同じじゃ」

「えっ」

「出身はどこじゃ。南方ではないのか？」

「いいえ、生まれも育ちも都で……」

そう言えばいつだったか、父方の廣家は南方出身だと聞いたことがあった。もっとも一族が焔に移住してすでに三、四世代は経っているが。

小梅の説明に鈴麗は嬉しそうに「そうか、そうか」と頷いた。

「きっとお前はわらわの遠縁に違いない。そうでもなければこんなにも母上のお若い頃に似ているはずがない」

「そ、そんなに似ているでしょうか？」

「ああ、そっくりじゃ……」

鈴麗は小梅の裳にぴたりとくっついた。

「あ、あの河淑妃様？」

童顔を生地に押し付ける。

「母上……」

尊大な口調が母を求める子どものそれへと変わる。やがて布の濡れた感触が伝わってきたのは、鈴麗が泣いているからだろう。

鈴麗がいかにも偉そうな態度を取り、気難しい方だと言われているのは、母を亡くし、慣れ親しんだ母国をお供の一人もなく追われたからだけではない。

そんな中でも母国の王族としての誇りを失わず、気高くあらなければならない、国に尽くさなければと、必死になって背筋を伸ばしているからだろう。

異国の、それも自分以外は大人ばかりの中で。

（……まだこんなに小さいのに）

その肩に載せられたものの重さを思う。

妃でさえそうなのだ。皇帝となるといかほどのものか。

同時に、前世の妹を思い出した。

（あの子も甘えん坊だったな……）

母を亡くしてからはお姉ちゃん、お姉ちゃんと何かと甘えてきた。

友だちと喧嘩したり、先生に叱られたりして、泣いていた時にはどうしていたか。

「淑妃様、失礼いたします」

そっと小さな背に手を回す。

「お嫌でしたら、すぐに止めますので……」

鈴麗はふるふると首を横に振った。

「淑妃様なんて嫌じゃ。鈴麗でよい……」

◆◇◆◇◆

以降、小梅は鈴麗の信頼を得——というよりはすっかり懐かれ、たびたび遊び相手に呼び出されるようになった。

鈴麗のお気に入りは後宮の南東にある宮后苑《きゅうごうえん》。木立に囲まれ、色とりどりの花が咲いた庭園だ。植物は焔全国から取り寄せられたというだけあり、どれも美しく、目を吸い寄せられた。

初夏の現在は牡丹が見頃だ。純白もあれば紫みを帯びた桃色も、深紅もあった。

宮后苑の中央には木々の緑や花々の色を楽しめるよう、二十四亭《にじゅうしてい》という円形の東屋が設けられている。

なお、壁はない。中には八方に長椅子が置かれ、三百六十度の角度から景色を楽しめるようになっている。

鈴麗と小梅はその長椅子の一つに腰掛け歓談していた。

「わらわはやっぱり赤い花が好きじゃ」

「私もです」

小梅が牡丹の一輪を赤い髪に挿してやると、鈴麗は子どもらしい笑顔になった。

「ありがとう。似合うかのう?」

「ええ、もちろん。とっても可愛いですよ」

「……小梅に可愛いと言われるのが一番嬉しい」

はにかむその表情がまた可愛く、ついからかってしまう。

「あら、そこは皇帝陛下にとおっしゃらないと」

「陛下……陛下はのう」

鈴麗はませた仕草で腕を組んだ。

「わらわはあの方が怖いのじゃ。ニコリともされぬし、何を考えておられるのかわからぬ」

小梅は鈴麗の康熙の評価に驚いた。

「そう……でしょうか？」

自分の知る康熙は笑顔が多かったので首を傾げる。

「ああ。あの方がいらっしゃると、緊張してお腹が痛《いと》うなるんじゃ。ただでさえ、あんな神々しい青龍《せいりゅう》の加護があるからのう」

「青龍……加護……？」

鈴麗の言葉の意味が理解できない。

鈴麗はその間にも話を続けた。

「そちも強い気を持っておるな。……天運の相じゃ。鳳凰に守られておる」

誰もいないはずの小梅の背後をじっと見つめる。その紫水晶色の瞳はこの世のものではない何かを捉えているように見えた。

「鳳凰……ですか？」

「そうじゃ」

うんうんと頷いて鳥が羽ばたく真似をしてみせる。

「これまで危うい目に遭おうと、大体怪我もなく切り抜けてきたじゃろう？　妙に運に恵まれてもいなかったか」

記憶を手繰り寄せてみれば確かにそうだ。

「きっと元始天尊のおかげでしょうね」

「違う、違う。鳳凰とはのう、王配の守護神獣なのじゃ。焔国ならば龍が皇帝、鳳凰が皇后。なるほど、そうか、そうか。そういうことか。まったく、神獣たちは粋な真似をしてくださるのう」

「……？　……？　……？」

話が見えずに首を傾げていると、花摘みに、蹴鞠の練習にと遊び疲れたのか、鈴麗は可愛らしい欠伸をして小梅の膝に頭を乗せた。

瞼を閉じ溜め息を吐く。

「……そちは優しい香りがする」

亡き母を思い出しているのだろう。

小梅はそっとその赤い髪を撫でてやった。

「お休みなさいませ。鈴麗様の目が覚めるまでここにおりますので」

「……うん。約束じゃぞ。どこにも行ってくれるな」

一分も経たぬ間に夢の世界に旅立ったのか、規則正しい寝息が聞こえてきた。

（どうかいい夢が見られますように……）

それからどれだけの時が過ぎたのだろうか。

宮后苑の木々を潜り抜けた涼やかな風が、くせのない小梅の黒髪を舞い上げた。

「きゃっ……」

視界を遮られ思わず目を閉じる。風が収まり乱れた髪を振り払おうとして驚いた。

東屋の反対側に康熙が立っていたからだ。

「陛下……」

今日の康熙は桔梗を思わせる濃い青紫の袍服と袴だった。袍服はゆったりしたローブ状の普段着で、龍の球状模様が刺繍されている。

康熙の瑠璃色の髪と黄金色の瞳、長身痩躯をよく引き立てていた。

髪も下ろしてリラックスした雰囲気である。

「しぃ……」

康熙は笑いながら視線で「喋るな」と命じた。小梅の膝で眠る鈴麗に気付いており、起こしたくないのだろう。

それだけで康熙の鈴麗に対する思いやりが感じられた。

康熙は抜き足差し足で隣の長椅子に腰掛けた。

「突然すまないな。たまには妃嬪たちの様子を見に来ねばと思ったのだ」

たまにということは後宮に来る機会は少ないのだろうか。そう言えば婉児もお渡りがほとんどないと言っていた。

「そんな。ここは陛下のための場所でございます。すまないなどとお気になさらず……」

やはり、鈴麗が語っていたように、康熙が恐ろしいだの、無表情だのとは思わなかった。

今もこうして優しい目で眠る鈴麗を見守っているではないか。

「お前によく懐いているようだな」

「ええ、私は亡くなったお母様に似ているそうです」

「負担になっていないか？」

「いいえ、残してきた妹を思い出して、こちらこそありがたいです」

康熙が怪訝な面持ちになった。

「お前は一人娘だと聞いたが……」

「あっ、言い間違えました。従妹です、従妹」

うっかり美雪の思い出を語ってしまった。

（いけない、いけない）

時折ぽろりと前世が零れ落ちてしまう。

康熙はそこまで気になったわけでもないらしく、「そうか」とだけ言って、鈴麗の髪に絡まった牡丹の花弁を丁寧に取り除いてやった。

続いて不意にその黄金色の眼差しを小梅に向ける。

心臓がドキリと跳ね上がった。

「鈴麗は妙なことを言っていなかったか？」

「妙なことと申しますと……」

「龍だのなんだの」

康熙も初対面で指摘されたのだという。

「ああ、そう言えば……」

先ほどの鳳凰がどうのというのがそうなのだろう。

「もう聞いているかもしれないが、その子の母親には巫覡の才があった。鈴麗はそれに加えて道士顔負けの見鬼《けんき》の才、祓《はらえ》の才もだ」

見鬼と祓については初耳だった。つまり、神託を受けるだけではなく、霊視やお祓いもできるということだ。

「私は神仙や霊界については道士任せでとんと無知なのだが……」

「……私も霊感なんて皆無です。幽霊なんて見たこともないですし」

いずれにせよ、鈴麗にはとんでもない霊能力が備わっているということになる。

その鈴麗を珀国が失ったということは——。

嫌な予感がして恐る恐る康熙に尋ねる。

「珀国は現在どのような状況なのでしょうか？」

神託で政《まつりごと》を行い、それでうまくいっていた国が、ノウハウがないまったく違うやり方を取るとどうなるか。

「お前の想像通りよくない」

鈴麗の母親の前女王崩御後、その弟が王位を簒奪したが、案の定珀国は政治的に混乱。その上日照りと洪水が交互に起こり、臣からも民からも不満の声が上がっているのだという。

「いずれ鈴麗を推す声が強まるだろうな」

「ですが、鈴麗様はすでに陛下の妃で――」

途中、はっとして口を噤む。

「……まさか、陛下は鈴麗様をいずれ珀国にお帰しになるつもりなのですか？」

密かに珀国の現国王反対勢力を支援し、いずれ鈴麗をあるべき女王の地位に据えるために。

康熙は答えの代わりに咲き誇る大輪の牡丹に目を向けた。

「私はこの子の母親に恩がある」

珀国の前女王は康熙が生まれた際、内密に次のような祝辞を送ってきたそうだ。

『青龍の加護を受けた公子のご誕生、まことにおめでとうございます』

龍とは皇帝や王となる者の守護神獣だと言い伝えられている。また、当時から珀国女王の神託は大陸に名高かった。

「父上は……前帝陛下はこの預言があったために、何を措いても私だけは守ろうとした」

実は、前帝には五人公子が生まれていたと聞き、小梅はまさかと息を呑んだ。ところが、生き残ったのは康熙と皇后腹の聖明二人だけ。

康熙は何も語らなかったが、恐らく皇后の出身の劉家に暗殺されたのだと思われた。

「そういう、ことだったのですか……」

鈴麗が三十人いる妃の中でもっとも高貴な血筋でありながら、正妻である皇后の座につかず、またその予定もなく、貴妃ですらないのもいずれ母国に帰すためだ。

なお、貴妃は側室で最高位の四夫人の中でも頂点に君臨し、皇后不在の場合の代役を務める。そうした理由から焔では皇后に即位する場合、準備段階として貴妃の座につくことが多かった。

とはいえ、貴妃はともかくいつまでも正妻の皇后不在というわけにもいかないだろう。

一体、誰がその座を射止めるのか。

皇后ともなればただ美しいだけではいけない。高貴な血筋も、後ろ盾となる一族の財力も必要になってくる。

なんにせよ、非の打ち所のない女になるに違いなかった。それでこそ康熙の隣に並び立つのに相応しい。

二人が結ばれる光景を想像した途端、ズキリと胸が痛んで思わず押さえる。

「……？」

小さな痛みだったが棘が刺さったように一向に癒えない。

首を傾げつつも「うまく行くといいですね」と頷いた。

「……お前がそう言うと本当にうまく行く気がするな」

康熙は目を細めて小梅を見つめた。

「も、もったいのうございます……」

なんとなく照れ臭くなって目を伏せる。

つい最近まで皇帝などそれこそ別世界の住人だったのに、手を伸ばせば届くところにいるのが不思議だった。

（……私ったら何を考えているの）

心臓の高鳴りを誤魔化そうとして、「そう言えば」と話題を変える。

「名を変えることになりました」

「ああ、そう言えば尚儀と同じ名だそうだな」

「でも、なかなか思い付かず困っていて。梅の字は残したいのですが……」

明梅でミンメイ、凛梅でリンメイ、美梅でメイメイ——どれもピンと来ない。

「なるほど。音も意味もいいものとなると確かに難しいな」

康熙はしばし首を傾げていたが、やがてぽつりと言った。

「……シュウメイ、はどうだろうか」

一方、小梅は思いがけない事態に戸惑っていた。

単に気まずさをなんとかしたかっただけで、康熙にアイデアを強要したつもりはなかったからだ。

だが、康熙の提案したシュウメイの響きはしっくり来る。

「どのような字でしょうか？」

康熙は語る。

「雪に梅と書く」

「私が生まれたその日、母は庭園に白梅を植えた」

今は亡き康熙の母は、初子であり、唯一の子であり、将来皇帝となる息子の誕生を心から喜び白梅に願をかけた。

梅は強い香りが魔を除けると言われている。その縁起にあやかり、どうかこの子の人生から災いが取り除かれ、幸多かれと願ったのだ。

康熙の白梅は十年かけて成長し、やがて花をつけるようになった。

康熙は毎年必ず白梅が咲くのを見守った。ささやかな一時が楽しみだった。

ある年の冬、その白梅は他のどの木よりも早く咲いた。ところが、夜雪が降って花が埋もれてしまうことになる。

康熙は花を救い出そうと、夜が明けるなり寝室を抜け出し、白梅のもとへ急ぎ、その場に立ち尽くした。

早朝の弱々しい陽の光が雪を溶かし、花弁がわずかに姿を見せていた。

白梅は今にも凍ってしまいそうな寒さの中でも、健気に凛として白く美しく咲いていた。

なぜか胸が熱くなり、涙が出そうになったのだという。今でもあの日の白梅が忘れられないと。

康熙は思いを注ぎ込むかのように、その黄金色の瞳で小梅の藤色のそれを見つめた。

「……雪の日の梅はお前に似ている」

「陛下……」

この日その時から小梅は雪梅《シュウメイ》になったのだ。

◆◇◆◇◆

康熙の考案した新たな名は同僚にも上司にも鈴麗にも評判がよく、雪梅自身もこの名がすっかり好きになっていた。

自分の中で確かに息づく美雪の記憶――誰にも打ち明けられないその秘密を、認めてもらえたようで嬉しかったのだ。

前世の美雪という名は、生まれた日が一月の冬の朝で、東京に珍しく雪が降ったからだとその母に聞いたことがある。

やはり、病室の窓の外にあった木に積もっていた雪が、早朝の陽の光に照らし出されて涙が出るほど美しかったからだと。「希望の光に見えたのよ」と教えられ、自分の名を大好きになった記憶があった。

(陛下がご存じのはずはないけれど……)

秘密を共有できた気分になれて嬉しかった。

(いけない、いけない。何を恐れ多いこと考えているの。さあ、仕事、仕事)

とはいえ、新しい名を呼ばれ、すぐに反応するようになるまでには、やはり少々時間が必要だった。

「雪梅」

「……」

「雪梅、ちょっと聞きたいことが……」

「あっ、はい、先輩、なんでしょう?」

肩を叩かれ慌てて振り返る。

尚宮局は広々とした平屋内にあり、体育館のようなスペースを衝立や御簾で区切って、個別の文机と椅子が設けられている。

雪梅のオフィスは婉児の隣にあった。

「ここ銀一銭合わないいんだけど、確認で計算してくれない? あなたの担当じゃないいんだけど

「……」

「大丈夫ですよ。書類をもらえますか？」

正直算木を使うよりも、アラビア数字を使い西洋数学で計算した方がずっと速い。

司簿所属の宮女たちはとにかく数字に強い雪梅に感心し、皆何かと頼るようになっていた。特に月に二度の締めの時期になると忙しくなる。

（これは……今はいいけど、そのうち私一人では対応しきれなくなるわ）

採用されるだけあり皆比較的優秀なのだが、やはり女だからか数学を教えられておらず、司簿に来てから基礎だけ学んでいるからだろう。

それでも、経験を積めば慣れもあってなんとかなる。なのに、司簿にいる宮女は早くて三ヶ月、長くても一年も経たずに異動になってしまう。

容姿のいい宮女は特にそうで、雪梅にもすでに尚儀局の司楽から声が掛かっていた。

先輩から異動が早いとは聞いていたが、いくらなんでも早すぎはしないか。

仕事は平均的な能力が備わっていたとして、環境に慣れるのに数ヶ月、日々の業務に慣れるのに半年から一年、仕事の全容を把握するまでには数年かかる。

なのに、業務段階で異動させられては何も身につかない。

そしてまた新人を迎え、身についていない者が指導する――どう考えても非効率的だった。

さすがに人事に問題がある。

その日の就業後の夕食時、雪梅は宮女向け食堂で挽き肉の餡かけ豆腐と鶏肉と椎茸のスープ、ご飯の、本日の定食に舌鼓を打ちながら、先輩に司簿に対する不満を述べた。

宮女のいい点は衣食住が保証されているところだ。白いご飯などがお代わり自由なのもありがたい。

貧民出身の雪梅は当初はそれだけでありがたがっていたが、数ヶ月も経つと次第に後宮の歪な面、奇妙な点が目につくようになっていた。

「他の局や司の宮女は二、三年は同じところにいるのに、どうして尚宮局だけ異動が多いんでしょう？」

「う～ん、事務方に引き籠もっていると、いつまで経っても陛下にお目見えできないからってのもあるだろうけどねえ。でも、あなたはともかく私はそんなに美人じゃないのに」

婉児は司簿一年目。もうじき二十歳になるが、やはり他局への異動が決まっているのだとか。

「でも、嫌だからって家に帰ったところで、行く当てなんてないしねえ……」

婉児の実家は官吏とは言っても下っ端でたいした金はない。婉児は器量がよくないので、有力な貴族や将来性ある若者に嫁がせ、結納金に相当する納采や納徴の貴重品をせしめることもできない。ならば、口を減らせといわんばかりに追い出されそうになったので、やむを得ず宮女になる道を選んだのだという。

「私も男の人をもてなすなんて向いていないから、司簿が駄目でもせめて事務方にいたいんだけどね」

雪梅と婉児は揃って溜め息を吐いた。

「男の人の都合に振り回されず、もっと自由に生きられて、働けたらいいですよね……」

「ほんとそう。選択肢が少なすぎるわ」

望んで後宮に仕える身になったからと言って、皆が皆皇帝のお手つきになりたいなどと考えているわけではない。自分のように食うに困った者、婉児のように行き場がない者、様々な立場の女がいる。

「……」

そう思うと腹が立ち、雪梅はええいとばかりに席を立った。空になった自分の碗をがっしと握る。

「……先輩、とにかく食べましょう。何があろうとまずは体力です。お碗貸してください！　お代わり持ってきます！」

「えっ、ちょっと待って。あなたもうご飯五杯目じゃない？」

「だって、食べられる時に食べておかないと」

「いやいやいや！　あなたここに来てから毎日暴食でしょう。その細い体のどこに入るのよ……。豚にでもなりたいの？」

「ええ、出荷されそうな恵体になってもまったく構いません。それで司楽への異動がなくなるならありがたいくらいです」

赤貧洗《せきひん》うがごとしの暮らしを経験しているだけに、食える時に食っておかねば精神はもはや雪梅の根幹の一つになっていた。

それに――。

自分を励ます意味もあってニッコリ笑う。

「先輩、私、最近そうやって悩みながら、ここで自分がどこまでやれるかって楽しみでもあるんです」

前世では家族を食わせていくことが、今生では一人で食っていくことが目標だった。

ひとまず腹一杯食えるようになった今、次は何ができるのか、何をやりたいのか。

雪梅はこの人生で新たに与えられた課題にワクワクしていたのだ。死の間際の美雪ように――。

（それに、ここには……）

脳裏に康熙の端整な美貌が浮かぶ。

初めて出会った時に惹き付けられた黄金色の瞳。宮女の選考試験突破後、頭を撫でてくれた時の優しい眼差し。雪梅と名付けてくれた時のどこか熱を帯びた目――。

（もう、何を思い出しているの。陛下は関係ないでしょう）

首を横に振って康熙を心から追い出そうとしたが、うまく行かない。それどころか、ますます鮮やかに思い出してしまった。

自分の気持ちが把握できないまま焦っていると、婉児が羹も残り少ない碗に目を落としてぽつりと呟いた。

「目標か……」

何かを確かめるように濁った水面を見つめている。

「うん、そうね……。やっぱり私もお代わりもらうわ。お願いしていい？」

◆◇◆◇◆

――河淑妃こと鈴麗がほしがるものと言えば、お菓子に果物、おもちゃに花くらいで、かかる金額など可愛いものである。

もっともこれはまだ鈴麗が子どもだからで、大人の妃には贅沢好みももちろんいた。

婉児の担当する趙徳妃《ジャオとくひ》がそうだった。

代々高級官吏を輩出する名門貴族趙家の令嬢で、臈《ろう》長《た》けた美女だと名高かった。

趙徳妃は一年前二十歳で後宮入りしたが、とにかく散財癖がひどかった。

刺繍入りの絹織物に翡翠の簪、血赤珊瑚の耳飾り、真珠の首飾りに黄金の腕輪と、その物欲は止《と》まるところを知らないように見えた。

「ほら、雪梅、今月の経費を見てよ。平民なら一家四人がちょっと贅沢して暮らせる金額よ。寵愛されているってわけじゃないのにねえ……」

婉児はいつも月末にそう愚痴っていたが、今月は特にひどいと溜め息を吐いていた。

「それとも、陛下に見向きもされないことへの当てつけかしら？　名門のお姫様ならプライドも高いのかもしれないわね。私も挨拶に行っても無視されたし、高飛車で侍女も困っているって聞いたし……」

「どう……なんでしょうね」

一度、ちらりとではあるが、宮后苑で趙徳妃を見かけたことがある。今聞いた婉児の印象とは大分違っていた。

趙徳妃は二十四亭の長椅子に腰掛けていた。豪奢な衣装に身を包み、褐色の髪を見栄えがするよう結い上げ、美しく化粧を施していたが、一人でぼうっと空を眺めていた。心が後宮にないように見えた。

雪梅はその時鈴麗と草むらの虫取りに来ていた。

すると趙徳妃は鈴麗に目を留め、ふんわりと優しく微笑んだのだ。

『まあ、河淑妃様、お元気でしたか？』

鈴麗もその微笑みには好感を抱いたらしい。

『元気じゃ。今雪梅と蝶を取っておっての。二匹取れたらそちにもやろう』

『まあ、ありがとうございます』

趙徳妃は母が子に向けるような優しい眼差しで頷いたのだ。

『楽しみにしていますね。ですが、どうか無理をなさらずに……』

贅沢好みで高慢な名家の令嬢らしくはなかった。

鈴麗はまた別の感想を抱いたらしく、別れたのちに「初めて会《お》うたが、優しそうで、寂しそうな方だのう」とぽつりと言った。

『寂しそう……ですか？』

『ああ、そうじゃ。寂しい目をしておる。雪梅に会う前のわらわと同じような……』

鈴麗は霊視だけではなく、まだ幼いだけあって、大人の表情をよく観察している。

また、自分もあの微笑みを目にしただけに、趙徳妃を悪く思えなかった。

その後も何度か趙徳妃を見かけたが、お供がいる場合にも、いない場合にも、何をすることもなくそうして過ごしていた。

なんとなく気まずくなり、話題を変えようと婉児の手にする書類を引っ張る。

「先輩、この書類確認すればいいんですよね？」

「ええ、そう。お願いね。あっ、そうそう。もう一つ頼みたいことがあるんだけど……」

「はい、なんでしょう？」

「これから時間がある時でいいの。私に数学を教えてくれない？」

「えっ……」

「もちろん、お金は払うわ。独学じゃ限界があって……。私、やっぱり司簿に残りたいの。今度尚宮様にダメ元で交渉してみるつもり。でも、居座るからには能力がなくちゃいけないでしょう?」

「雪梅のおかげよ」と照れ臭そうに笑う。

「私、品位を授かって女官になりたいの」

女官は宮女の中でも地位が高い。企業なら役職者に当たる。

宮女はそれなりの年月後宮に仕えて実績があり、かつ後宮を統括する宦官、あるいは妃の推薦がある場合、女官に昇進できる場合がある。過去には平民出身の宮女が女官の最高位、正六品にまで上り詰めた事例もあるのだとか。

「雪梅に感化されちゃって……。それに、ずっと手伝ってもらうわけにもいかないしね。自分でできるようにならないと」

雪梅は胸が一杯になり、思わず婉児の手を握り締めた。

「もちろんです、先輩。一緒に頑張りましょう! あっと、その前に確認、確認」

月末には前年の経費と比較する。それにしても、いくら贅沢好みとはいえ、今年の趙徳妃の出費は異常だった。

「うわっ……。去年の五割増しですか」

「ちょっとすごいでしょう」

過去にもこうした妃がいなかったわけではないが、寵愛を得ていた場合が多かった。

その金額にふと違和感を覚える。

後宮で時折見かけた趙徳妃は、いつも同じ衣装、同じ宝飾品を身に着けていた気がしたからだ。

もちろん、同じものをいくつも所持していたり、収集が趣味だったりということもあるだろうが、あの儚げな雰囲気にそぐわない気がしてならない。

「先輩、もしかすると、商人の領収書の額の間違いかもしれませんから、一度調べ直した方がいいですよ」

後宮に出入りする御用達の商売人が不当に値段を釣り上げた可能性もある。その場合、商人の出入りを止める必要があるので見過ごすわけにはいかなかった。

「やっぱりそう思う？　いくら徳妃様でもおかしいわよね。ありがとう。そうしてみるわ」

婉児は書類を受け取り、御簾の向こうの自分の区画へ戻った。

雪梅は趙徳妃の経費の件はそれで終わったと捉えていた。

ところが一週間後、思い掛けない事態に巻き込まれることになる。

——婉児が横領の罪で捕らえられたのだ。


後宮は普段は皇帝と宦官以外の男の出入りは禁止されている。

ただし、例外がいくつかあった。

犯罪者の逮捕時がその一つで、武装した兵士が司簿に押し入ってきたのである。

いつものように仕事に励んでいた宮女たちは、御簾を払いのけられ、衝立を押し倒され騒然となった。

「だっ、誰。なんなの⁉」

兵士は皆純白の胡服に幞頭帽《ぼくとうぼう》を被っており、腰にはものものしくも剣を差している。

この装束は焔の中枢機関、三省六部のうち、刑吏部直属の兵士たちの証だった。つまり、警察である。

兵士の一人が重々しい口調で尋ねる。恐らく、兵士たちのリーダーなのだろう。

「李婉児はどこにある」

「わ、私ですが……」

婉児が恐る恐る席を立つと、兵士の二人がすかさず両側から婉児を拘束した。

「えっ、何、なんなの⁉」

突然の出来事に婉児は混乱し、「放して！」と暴れた。

「おい」

リーダーの言葉に第三の兵士が現れ、小脇に抱えていた木製の枷を婉児の首と手にはめた。

拘束され婉児の顔色が赤から青、青から白へと変わる。

「止めてください！」

雪梅はたまらずに飛び出した。

「なんの権利があって、こんな……！」

「この女には趙徳妃様の経費横領の容疑がある」

その場にいた全員が絶句した。

「よって、裁きが下るまで刑吏部で拘束する」

「そんな！　先輩はそんなことをする人じゃ……」

雪梅の言い分など聞く気もないらしい。兵士たちは恐怖に声も失った婉児を引っ立てていった。

――当然、その日は仕事どころではなくなった。

兵士たちが婉児の担当していた趙徳妃の資料を洗いざらい押収しただけではない。司簿全員の書類を検めたからである。

共犯者がいる可能性を考えれば当然だが、そもそも雪梅は婉児が犯人だとは信じられなかった。

（だって、女官になるって言っていたのに）

そんな危険な真似をしでかすだろうか。

また、婉児は贅沢好みでもなければ、実家に仕送りをしているわけでもない。大金が必要とは思えなかった。

（どうしよう。このままでは先輩が罰せられてしまう）

――後日、婉児が取り調べ中自白したとの噂が流れてきたかと思うと、その日のうちに司簿への立ち入り禁止が解かれた。

しかし、皆仕事どころではなかった。

「婉児が横領だなんて信じられないわ」

「私も……。でも、魔が差したのかもしれないし……」

雪梅はそんな馬鹿なと口を覆った。

（先輩、どうして……）

民間での窃盗罪は被害額や被害者の身分にもよるが、盗んだ物を返しさえすれば、罪一等を減じられ、罰金で終わり実刑にならないことも多い。

だが、宮中での横領は違う。皇帝の財産を盗んだ罪は非常に重く、返したところで軽くて笞罪だ。

だが、か弱い女の身で鞭打ちに耐えられるとは思えなかった。

それに、罪を償ったところでこれ以上後宮にいられないだけではない。家族に拒否され実家に帰ることなどできないだろうし、世間に出たところで前科持ちがろくな仕事にありつけるとも思えない。

つまり、宮女は有罪になったが最後、人生を諦めて首を括るしかない。

（そんなの、駄目よ。先輩、なぜ自白なんてしてしまったの）

つい婉児を責めそうになったところで、この世界が前世の日本よりはるかに厳しい階級社会で、官吏たちに与えられた権力がどれほど大きなものかを思い出した。

婉児はきっと厳しく取り調べられたのだろう。刑吏部の取り調べは場合によっては暴力も辞さないと聞いた。

弁護士が付くなどあり得ず、誰も味方がいない中、女一人で堪え忍べるだろうか。

（……先輩、どうしようもないことで責めてしまってごめんなさい）

とにかく、一度婉児が処理した書類を見直さなければならない。押収されていた書類はすべて戻されているはずだった。

日頃の仕事の手腕が評価されていたのだろう。運良く婉児の代理に任命されたので、雪梅はすぐさま趙徳妃分の領収書や出納帳を見直した。

「……？」

すぐに違和感を覚えて首を傾げ、すべての書類を点検して確信する。

一部の数字が以前確認した時と違っていた。

前世ではとにかく数字に厳格で、ミスがない経理として名高いどころか、一部の社員には経費にも厳しすぎると煙たがられていたのだ。だから、一度見た数字を間違えるはずがない。

もう一度目を凝らして息を呑む。

（この字……よく似ているけど先輩の字じゃない。すべての書類が書き換えられているわ）

毎回チェックを任されていた雪梅は、婉児の文字の特徴をよく知っていた。

（つまり、私たちがいない間に、誰かが偽物にすり替えた……）

それも、兵士に顔が利き、立ち入り禁止期間中もここに出入りできた人物ということになる。

そんな人物は数えるほどしかいなかった。

だが、自分以外わかることではないし、字だけでは刑吏部への説得力がない。貧民出身の自分では身分からして信じてもらえない可能性が高い。

どうすればいいかと歯を食い縛って考え抜き、身分の高い証人がいればいいのだと思い至った。

(そう、趙徳妃様に見ていただければいいんだわ)

しかし、宮女と四夫人——しかも、名門の趙家出身の徳妃とでは、天と地ほどの身分差がある。

そもそも、皇帝の康熙に気軽に話し掛けられ、淑妃の鈴麗に母親のように懐かれている現状があり得ないのだ。本来なら二者とも言葉すら交わせない存在である。

顔見知りでもなんでもない徳妃が、貧民上がりのぺーぺー宮女に面会してくれるのか。

いいや、一つだけ会う方法があると唇を噛み締める。

「……」

だが、そのためには鈴麗の好意を利用しなければならなかった。

◆◇◆◇◆

——事件の影響からか、近頃康熙は後宮を訪れない。

雪梅は今回の横領事件の黒幕が裏で糸を引き、婉児の有罪が確定するまで、自分以外の権力者を立ち入らせないにしようとしているのだと推理していた。

だが、真犯人ですら阻止できない行事があった。

秋が深まる頃に執り行われる重陽節《ちょうようせつ》だ。

その日は民間でも秋の象徴である菊の花を飾り、昼は栗入りの餅菓子を食べ、夜は菊花酒を飲み交わすのが慣わしである。

この行事は後宮でも重要視されており、焔王朝成立以来、妃を交えた宴が毎年開催されてきた。

(……この日しかない)

雪梅は決行の場を彩華殿《さいかでん》と決めた。

彩華殿は宴会場や劇場、音楽堂として利用されている。今年の重陽節の会場もここだった。

宴会でなんとか康熙に接触し、事件の真相を打ち上げ、婉児を冤罪から救い出さなければならない。

同時に覚悟もしていた。

(もしかすると、途中で黒幕に無礼を口実に捕らえられ、その場で殺されるかもしれない)

何せ、敵は権力者の一人である。宮女程度を冤罪で裁き、あるいは殺し、揉み消すなど簡単なのだろう。

そう思うと体に震えが走ったが、もう決めたことだと自分に言い聞かせた。

(一度命を落としたことだってあるんでしょう？　……もう一度死ぬ気でやってみなさい、雪梅！）

雪梅はその日のために準備を進めた。

辞令をおとなしく受け入れ、尚儀局司楽に異動し、容姿を最大限に利用して康熙の接待役を買って出た。

そして、いよいよ重陽節のその日を迎えたのである。

——彩華殿の特徴は上座に向かって舞台が設けられていることだ。

今日は芸事を生業とする宮妓たちが、皇帝である康熙のためだけに型の伝統流行を問わず舞を踊り、歌を歌い、劇を演じた。

その間に酒や料理が途切れぬよう、尚食局司饎《しょうしょくきょくしき》の料理人らが腕をふるった料理、司醞《しうん》によって選び抜かれた酒が、司膳《しぜん》の宮女たちによって絶え間なく運ばれてくる。

妃たちもこの日は会場中に飾り付けられた菊の花や、鉢植え、その香りに心癒やされるのだろう。皆康熙に挨拶をしたあとは自由を許され、思い思いに酒や食事を楽しむなり、他の妃と歓談するなりしていた。

今日ばかりは趙徳妃も楽しそうだ。

子ども向けの菓子や果汁もちゃんと用意されており、鈴麗も美味しそうにぱくついていた。

そんな中康熙は、一見、何人もの司楽の接待役の美女に囲まれながら、時折料理を味わい、酒に口をつけ、楽しそうに手を叩いて笑っていた。

「いや、どれも見事だ」

雪梅は先ほどからずっと観察していたのだが、今のところ康熙の酒量はそれほど多くない。顔色もほとんど変わっていなかった。

宮女や宮妓がどれほど勧めてもさりげなく躱している。舞台に向けられる眼差しも冷静なままだ。

(陛下は宴会の時も理性的であろうと努めていらっしゃるのね)

皇帝だけのための女の園で、一体何を緊張しているのか。康熙の安らぎはどこにあるのか。それをぜひとも知りたかったが、今はなすべきことをなさねばならなかった。

ちらりと康熙の左隣に目を向ける。

中肉中背の四十代ほどの宦官だった。中肉中背でぎょろりとした目が特徴的だ。

後宮を統括する宦官、道玄《ダオシュエン》だった。

康熙と同じく酔った様子はほとんどなく、隣席からどく気配は微塵もない。

そのぎょろりとした目は忙しなく動き、すべての宮女の一挙一動を捉えようとしているかに見えた。

(……やはり来たわね)

舞台の袖から様子を窺っていると、不意に背後から肩を叩かれた。

「雪梅、そろそろ来て。人手が足りないの。陛下にご紹介もするから」

司楽の上司に呼ばれ康熙の前に進み出る。膝をつき、手を組んで深々と頭を下げた。

「雪梅……？」

薄い唇から小さい驚きの声が上がる。

「雪梅をご存じですか？」

上司が問うと康熙はすぐに冷静さを取り戻し、「ああ」と頷き「面を上げよ」と命じた。

「司簿所属だと聞いていたが……」

「この通り、菊の精のような美しさですので、ぜひ陛下のおそばにと思いまして」

雪梅は小菊柄の純白の裳に、金糸の織り込まれた肌の透けて見える衫、瞳と同じ藤色の披をふわりとかけていた。

「宮妓の皆様と同じく、菊の精を気取ってみました。いかがでしょう？」

康熙は言葉もなく雪梅を見つめていたが、やがてぽつりと「見間違えた」と呟いた。

「てっきり人のふりをした菊の精かと……」

上司と道玄がなぜか揃って目を見開く。

「へ、陛下、随分とその宮女を気に入ったようですな」

「女人へのお褒めのお言葉を久々にお聞きしました……」

「……？　……？　……？」

なぜこうも動揺しているのだろう。よくあるお世辞ではないかと不思議だった。

いずれにせよ、掴みはよかったのだろうと強引に解釈し、早速接待にかかる。

「ささ、陛下どうぞ。道玄様も……」

特に道玄には念入りに酒を勧めた。

康熙も飲みたくないわけではないのか、葡萄酒などの比較的弱い酒なら、菊花を浮かべればちびちび飲んでくれた。

「まさか、雪梅が司楽に異動していたとは」

「ご存じありませんでしたか？」

「……後宮に関しては道玄に任せ、事後報告になっている」

皇帝としての公務は膨大な量であり、午前九時から午後六時までは執務室に籠もり切り。長引くことも少なくなく、休日も週に一度。ない場合も多いと聞いたことがある。

美雪の知る日本のブラック企業の社員よりもよく働いていたので驚いた。

宮女になるまでてっきり皇帝とは美女を侍らせ、仕事は部下に押し付け、日々酒池肉林《しゅちにくりん》の暮らしを送っているものだと思い込んでいたのだ。

心の中で康熙に申し訳ございませんと土下座した記憶があった。

それほど仕事があるのなら、後宮くらいは部下に任せ、国政に集中するのは当然だろう。

だが、今はそんなことには構っていられなかった。

康熙と道玄、二人にニコリと微笑んでみせる。司楽に異動して毎日練習した愛想笑いだった。

「陛下、お褒めの言葉のお礼に一曲演奏させていただいてもよろしいでしょうか」

「一曲……？　お前は楽器も奏でられるのか」

「はい。宮妓の皆様には敵いませんが……」

あらかじめ金を握らせておいた下女に目配せをし、調整済みの竪箜篌《たてくご》を持ってこさせた。

康熙たちから数メートル離れたところに席を設ける。

竪箜篌は小型のハープに似た優美な楽器だ。

美雪がまだピアノを習っていた頃、講師の「他の楽器に触れてみよう」との勧めで、アイリッシュハープを習ったことがある。

比較的簡単ですぐに弾けるようになったので、似たような形の竪箜篌も同じかと思いきや、音階が微妙に違っていたので苦戦した。

そこで、半ば無理矢理ドレミに調整し直し、アイリッシュハープと同じ要領で今日のために修練してきたのだ。

しかし、いくら前世で音楽の経験があるとはいえ、プロである宮妓たちに敵わぬことはわかっている。

そこで珍しさで惹き付けようと考え、焔の人々が、いや、この世界の人々が誰も聞いたことのない曲を選んだ。

――ホルストの『木星』だ。

焔の中でも首都東陽は政治だけではなく文化の中心地でもある。世界各国から音楽家や吟遊詩人、楽団が集い、宮廷で、大通りで母国のメロディを奏で、歌ってみせる。

そのために、東陽に暮らす民は皆、異国の音楽慣れしていた。

また、『木星』は焔の伝統的な音楽とどこか似ている。それでいて、はっとする転調があり、新鮮味もあるのではないかと踏んだ。

（元始天尊様……）

どうか私を見守ってくださいと祈る。

ところが、ほんの少し前までは、いつも思い浮かんでいた阿白の顔は、その時はなぜか目の前にいるはずの康熙に置き換わっていた。

「それでは、お聞きください」

最初の弦をピンと弾く。

——前世で初めてこの曲を耳にした時にも、胸に迫る感動があったことをよく覚えていた。

懐かしいような、魂の深くから訴えかけるような、次元の彼方から響いてくるような……。

人は生きて死んで、きっとそこへ帰って行くのだろうと感じるような、宇宙とはきっとそのような場所だと思えるような、根源的な感動だった。

康熙や道玄だけではなく、歓談や飲食に興じていた妃たちも、やがてはっとして手を止める。その中には鈴麗や趙徳妃も含まれていた。

簡単なアレンジだったが、皆初めて聞く音楽に心奪われている。

しかし、曲が一巡して再び始めに戻り、『木星』でももっとも有名な第二部のトリオ、変ホ長調へと転調する頃になると、ようやく我に返った音楽担当の宮妓たちが、それぞれの楽器を手に取り間もなく合わせてくれた。

さすがプロ、すぐに耳コピしてくれると嬉しくなる。この展開を期待していたのだ。

ピアノから離れて長らく経ったどころか、一度死んで生まれ変わった手から奏でられる音楽も、うまくフォローしてくれたので助かった。

合奏になると更に深みが加わる。

音楽はやがて彩華殿全体を包み込むような壮大な響きと化し、康熙、道玄、妃たち、宮女たち、下女たちすべての感動を巻き込んで、余韻を残して静かにゆったりと終わった。

わっと声は上がらなかった。皆余韻を味わいたいのだろう。鈴麗と趙徳妃にいたっては涙を流していた。

そして、初めに声を発したのは、やはり皇帝である康熙だった。

「初めて聞く曲だった……。見事だった。雪梅、これほどの曲をどこで学んだ？　それとも、お前が作曲したのか」

「お褒めの言葉、ありがとうございます。これは英国の霍斯特《ホルスト》という音楽家が作曲したものです」

「英国？　ほるすと？　聞いたことがないな」

康熙は首を傾げつつも、「褒美を取らそう」と声を掛けると、その場にいる全員が一斉に頷いた。

「陛下、わたくしもぜひ……」

「わらわもじゃ。泣いてもうた。母上にも聞かせたかったのう……」

康熙はあらためて雪梅にその黄金色の瞳を向けた。

「どうだ、雪梅。望みのものはないか。なんでも取らそう」

「……なんでも、ですか」

この時を待っていた——雪梅は康熙の前に進み出た。

「それでは陛下、奏上するお許しをいただけますか」

「奏上だと……?」

康熙は眉を顰めながらも、「よい、許す」と答えた。

すぐさま懐から書状を取り出し、その場に跪いて康熙に手渡す。

「これはなんだ?」

「現在、収監されております我が友、李婉児の無実の証拠……そして、ある者の横領の証拠にございます」

この計画を立てる前は密告も考えた。

しかし、康熙はそんな男だと思いたくはないが、宮女の戯れ言だと握り潰されるかもしれない。

道玄を信頼し切っている場合もそうだ。

だから、公衆の面前、それも、鈴麗や趙徳妃などの位の高い妃の前で行う必要があった。彼女たちが今日の奏上の証人になってくれるからだ。

――雪梅は康熙が決して無視できないようこの日を選んだ。

「……！」

それまで惚けたように雪梅を見つめていた道玄の顔色がさっと青ざめた。

すぐさま立ち上がり声を荒らげる。

「女、宴の席で何を言っている。おい、護衛の兵士を呼べ！　この無礼者を捕らえるのだ！」

雪梅はああ、やはりこうなったかと瞼をかたく閉じた。

まだこの場で斬り殺されなかっただけよかったかもしれないが。

一方、康熙に慌てた表情はない。

「待て」

ゆっくりと腰を上げ、たった一言で憤る道玄を制する。

「しかし、陛下。この女は場を乱し……！」

「女ではない。雪梅だ」

「……っ」

「雪梅だけではない。この場にいる者すべてに名がある。地位に驕って人が人であることすら忘れたか」

そう言い切り最後に黄金色の鋭い眼差しを道玄に向けた。

一体何を悟ったのか、道玄が息を呑んでその場に立ち尽くす。

「……我が国の律に、宴の場を乱した罪などない。お前も知っているだろう」

康熙の声は冷静どころか冷ややかだった。

「雪梅、道玄、二人とも私とともに来い。皆の者、宴はこれにて終わりだ。各自帰宅の上、今回の件についてはくれぐれも今後口にせぬよう」

たとえ後宮を総括する道玄といえども、皇帝の鶴の一声には逆らうことなどできなかった。

◆◇◆◇◆

——雪梅には出会ったばかりの頃から驚かされてばかりだ。

康熙は冷たい監獄の道を歩きながら、雪梅の書状を思い出していた。

理路整然と李婉児の無実を証明し、更に道玄と司簿の女官が横領の犯人である証拠を挙げていた。

真犯人の二人が婉児にどう罪をなすりつけたのかも。

あのあと誰が共犯なのかわからなかったので、誰にも協力を求められなかったと雪梅は打ち明けた。

つまり、孤立無援でここまで調査したというのだから恐れ入る。

一際厳重に管理された牢獄の前で足を止める。

道玄はすべてを失ったことがよほどショックだったのだろう。ほんの数ヶ月で痩せ細り、髪は白くなり、薄暗い牢の片隅で膝を抱えて蹲っていた。

松明の灯りで気付いたのだろう。康熙の顔を見て目を見開く。

「陛下……」

よろめくように立ち上がり、必死の形相で鉄格子を掴む。

「わ、私は無実にございます！　こ、これはあの宮女の陰謀に違いない！」

「……お前を陥れたところで、雪梅になんの得がある」

「長年お仕えした私より、あのような卑しい身分の者を信じるというのですか⁉」

道玄は刑吏部で裁かれた結果、皇帝の財産を横領し、更に罪もない宮女になすりつけたとのことで、情状酌量の余地なしと判断され、地位、財産、身分剥奪の上、無期の徒刑が科せられた。

一族郎党も同じ処分を受けている。

今後恐らく死ぬまで強制労働に耐えなければならない。それでも、横領した金額を返せるかわからないのだが。

「……」

康熙は無言で腕を組んで道玄を見下ろした。端整な美貌であるだけに、その冷ややかな表情は閻魔大王よりも恐ろしく見えた。

「たった一人の友を救い出すために、女の身で命を賭す者もいるというのに」

黄金色の双眸が鋭く光る。

「道玄、おのれを恥じろ。私は今、貴様をこの場で手打ちにしたいほど腹が立っている。雪梅にあのような真似をさせるとは。……だが、感謝してもいる」

「か、感謝……？」

「ああ、そうだ」

薄い唇の端に酷薄な笑みが浮かんだ。

康熙は片膝をついて道玄と視線を合わせた。

「貴様は私を舐め切っていただろう。弱小貴族腹の御しやすい、何もできぬ皇帝だと」

「そ、そんなことは……」

「だが、貴様がこの通り愚かな真似をしてくれたおかげで、前帝からの腹心であろうと容赦なく罪を下す皇帝だと証明できた」

それだけではなく、これで長年宦官に牛耳られてきた、後宮の管理の権限を取り戻せるとも。

「……」

道玄が言葉を失う。その目に恐怖が宿った。

「へ、陛下、まさか……」

——自分の横領をずっと知っていながら泳がせていたのか。雪梅の奏上があろうとなかろうと、自分はこうなる運命だったのか。

康熙はくつくつと声を殺して笑ったのち、ふと真剣な眼差しで道玄の肩の向こうにある壁を見つめた。

「……信じられる者も得られた」

おもむろに腰を上げて身を翻す。

「道玄、貴様には私の贄となる栄誉をくれてやろう」

「……」

道玄は徹底的に精神を打ちのめされ、今度こそもう声も出なかった。遠ざかる康熙の足音を聞きながら、がっくりと項垂れ、石の床に這いつくばるしかなかった。

◆◇◆◇◆

——重陽節の騒動から一ヶ月後。

婉児が釈放され司簿に戻った。

婉児を真っ先に出迎えたのは、もちろん雪梅だった。

「先輩、せんぱーい！」

「雪梅！」

互いに駆け寄り手を取って喜び合う。

「よかったです。ご無事で……。怪我はありませんか？」

「うん、ちょっと殴られたけど、慰謝料をもらったから、トントンってところかな」

今後も司簿に勤められると聞き、雪梅は心から安堵した。

婉児は苦笑したのちあらためて雪梅をじっと見つめた。

「……雪梅、刑吏部の兵士から話を聞いたの。あなたが頑張ってくれたから釈放されたんだって」

目の端からポロリと涙が零れ落ちる。続いて雪梅に抱き付き耳元で囁いた。

「……ありがとう。私、一生忘れない。あなたがどこにいようと、何になろうと、私もあなたのために尽くすわ」

「そんな、止めてくださいよ。たいしたことはしてなくて……」

「もう、何も言わないでよ。……私、嬉しかったの。本当に嬉しかったの。私を心配して、助けてくれる人がいて」

それほどありがたがられると後ろめたくなってしまう。雪梅は「鈴リ……河淑妃様と趙徳妃様も協力してくださったんです」と教えた。

「先輩を助けてくださいと頭を下げたら、快く協力してくださって……」

——婉児を助けるために、どうか力を貸してほしい。

雪梅の頼みに鈴麗は当初紫水晶色の大きな目を見開いた。すぐに好奇心一杯の表情で雪梅ににじり寄る。

『えっ、頼みってなんじゃ、なんじゃ？　わらわにできることならなんでもいたすぞ！』

『実は……私、同僚の婉児の件で趙徳妃様とお話しがしたいのです。鈴麗様の身分なら可能かと……』

しかし、宮女でしかない雪梅が四夫人の一人、趙徳妃に謁見するには手続きが必要で時間がかかる。趙徳妃の世話係に任命されているわけでもないのだから。

その間に婉児に有罪判決が出ては遅いのだ。

『婉児って……ああ、あの横領の容疑のある女官か。ふむふむ、雪梅の友だったか。なんだか面白そうじゃのう。よかろう。さあ、趙徳妃のもとへ参るぞ』

『えっ⁉　もう⁉』

『思い立ったが吉日と言うであろう』

雪梅は鈴麗と手を繋いで趙徳妃の住まう玄武宮《げんぶぐう》へ向かった。

自分が子どもであることを利用した、鈴麗の方法は実に単純かつ直球だった。

『誰かあるー！　河淑妃様のおなりじゃぞー！　趙徳妃と話がある！』

『り、鈴麗様～⁉』

すぐさま趙徳妃付きの宮女がすっ飛んできたかと思うと、鈴麗ともども玄武宮内へ案内してくれた。

鈴麗ならこんなに簡単だったのかと、改めて衝撃を受けながらさりげなく玄関の調度品を点検する。

漆塗りと螺鈿の衝立に、絵付けのされた陶磁器の大壺、壁を飾る絵画の掛け軸――

（確かに高価なものが多いけど、多すぎるというほどじゃない……）

他の妃と似たり寄ったりだ。

また、趣味もそこまで派手というわけではなかった。

玄関で出迎えてくれた趙徳妃の服装は、披が以前と替わっていたが、衫や裳は同じものだった。

宝飾品も翡翠の首飾りだけである。贅沢好みには思えない。

また、鈴麗に向けられた笑顔が柔らかで優しい。母親を思わせる笑みだった。

『まあ、河淑妃様、よくいらっしゃいました。美味しいお菓子がございますので、ぜひお入りくださいませ』

やはりあの予算のイメージとそぐわなかった。

玄武宮の応接間には胡国産の複雑な模様の絨毯が敷かれていた。長椅子の刺繍も象や唐草と胡国を思わせるものだ。窓辺に置かれた宝石の彫刻もやはり胡国でしか取れぬ瑠璃でできていた。

『さあ、どうぞ。寛いでくださいな』

これは「会話を始めてもいい」という貴人の合図だ。身分のより高い趙徳妃が口にしたということは、鈴麗だけにではなく雪梅にも発言を許したということになる。

雪梅は名、身分、無品の宮女であると地位を明かしたのち、「胡国のものが多いですね」とあらためて室内を見回した。

『異国風がお好きなのでしょうか？』

『ええ、そうね。食べ物も胡の国のものが好き。これは葡萄と棗椰子を干したものよ。さあ、淑妃様どうぞ』

鈴麗は遠慮なく棗椰子を口に入れた。

『む！　これは甘くて美味しい！　初めて食べる味じゃ』

鈴麗は棗椰子のドライフルーツが気に入ったらしく、時折お茶を飲みながら舌鼓を打っていた。

（……時間がないわ）

こうしている間にも婉児がと焦る。

だが、話を切り出すタイミングが掴めなかった。

『あら』

趙徳妃が顔を上げる。

『蝶が飛んでいるわ。黒揚羽《くろあげは》なんて珍しいわね』

『なんと！』

虫マニアの鈴麗は「取ってくる！」と告げ、そのまま外に飛び出してしまった。

雪梅も腰を上げ掛けたのだが、趙徳妃がそれを止める。

『確か、雪梅と言ったわね。あなたはそのままで。私に話があるのでしょう?』

『なぜそれを……』

『それくらいわかりますよ。何年貴族の令嬢をやっていると思っているのですか』

どうやら趙徳妃は贅沢好みでもないが、見かけ通り儚い女でもないようだった。

『単刀直入に申し上げます』

椅子から立ち上がり、その場に平伏して額を床に擦り付ける。

『去年、今年に趙徳妃様の購入された物品を検めさせていただきたいのです』

丁寧に整えられた眉がピクリと動く。

『……なんのために?』

趙徳妃からすれば面白い話ではないだろう。

だが、雪梅は必死だった。

『すでに噂をお聞きかもしれませんが、徳妃様を担当しておりました李婉児が、横領の疑いで逮捕されました。ですが、私は彼女が無実だと信じております』

趙徳妃は目を瞬かせた。

『なんですって?』

『婉児は現在裁きを待っておりますが、有罪判決が下れば、彼女は焔国では生きていけなくなるでしょう。その前に彼女の冤罪を晴らしたいのです』

『……』

呆然として雪梅を見つめていたが、やがて「……そんなことが」と唸り溜め息を吐いた。

『構わないわ。あなたの気が済むまで調べてちょうだい』

雪梅はあっさり許可を得られたので拍子抜けし、思わず顔を上げ趙徳妃の美貌を見上げた。

褐色の瞳には後悔の色が浮かんでいる。

『徳妃様、横領事件の件をご存じなかったのですか？』

『聞いていたけど、素通りしていたの』

美貌に苦悩が見え隠れする。

『婉児と言ったかしら。悪いことをしたわ。私が不甲斐ないばかりに……』

名家出身の令嬢ともなると気位が高く、宮女や下女を人と思わぬ者も多い。

ところが、趙徳妃にそうした傲慢さはまったくなかった。

『徳妃様、この二年のお買い物には何か事情があったのでしょうか？』

趙徳妃は「要らぬ気遣いだったけどね」と苦笑した。

『……私、陛下の寵愛を得たくはなかったのよ。贅沢好みの我が儘な女なら嫌われるかと思って』

この返答には驚いた。

妃とは皇帝の寵愛を競い、その御子を生み、男児であれば一族総出で次期皇帝に即位させるべく、暗躍するのが当然だと思い込んでいたからだ。

　趙徳妃の褐色の目が窓の外ではしゃぐ鈴麗に向けられる。

『淑妃様はお可愛らしい方よね。……あの方を見ていると、夫に託した娘を思い出すわ』

　雪梅は目の前の佳人のとんでもない一言に息を呑んだ。

『あの、今、なんとおっしゃって……』

『私は処女どころか一度結婚したことがあるのよ』

　趙徳妃はぽつり、ぽつりと身の上を語った。

『誰にも認められなかったから、なかったことにされているけど……』

　まだ十五歳の頃、実家に出入りする胡国の行商人の息子と恋に落ち、二人で密かに婚姻の誓いを交わしたのだという。

『幼い恋よ。でも、真剣だった』

　趙徳妃は夫が胡の国に発つ日、実家を抜け出し駆け落ちすることになっていた。

　ところが、二人の関係を知っていた召使いに密告され、激怒した父に監禁されてしまったのだ。

　趙徳妃の父・秀文《シューウェン》は思いのほか美しく育った娘を後宮に入れ、手始めに四夫人の一人に、いずれは皇后にしようと目論んでいた。

『でも、その頃にはもう娘を身籠もっていて、父は異国の血を引く孫なんて邪魔だったんでしょうね。話し合いに来た夫に娘を押し付けたの』

夫はいくらでも払うから、趙徳妃も一緒にくれと頭を下げたのだが、秀文は決して頷こうとはしなかった。

そして、必死に止めようとする夫を足蹴にし、泣きじゃくる趙徳妃を半ば無理矢理後宮に入れたのだ。ところが、お渡りが一度もないのでやきもきしただろう。

趙徳妃はぽつりと言った。

『私の心は夫と娘のもとに……胡の国にあるの』

いつもぼんやりしているように見えたのは、遠い彼方の砂漠の国に思いを馳せていたからだった。

『それは……陛下はご存じなのでしょうか……』

趙徳妃は肩を竦めた。

『わからないわ。でも、一度もお渡りがないところから考えて、きっとご存じなんじゃないかしら？』

雪梅は趙徳妃にも事情があったと知って黙り込んだ。

ということはと他の妃の情報を記憶から引き出す。

（まさか、妃が三十人しかいないのは……皇后がまだ立てられていないのは……）

皆鈴麗や趙徳妃と同じような立場なのだろうか。

一体なぜそんなことを――

そしてもう一つわからないことがあった。

『趙徳妃様、なぜ私のような取るに足りない者に、そのような重大な秘密を打ち明けられたのですか』

万が一、自分の口が軽かったらどうするつもりだったのか。

『取るに足らない者だから話せるのよ』

趙徳妃は棗椰子を摘まんだ。

『でも、取るに足らない者だからって、人生を踏みつけにしていいわけじゃない。……踏みつけられたことがあるからわかるの。私はお父様にとって取るに足らない者だったから』

——雪梅が趙徳妃の秘密を省いて事情を打ち明けると、婉児は「そうだったの……」と玄武宮のある方角に目を向けた。

「でも、やっぱりあなたのおかげよ。私だったらそんな勇気は出なかった……」

その夜は月明かりが冴え冴えとしていて眠れず、雪梅は螺鈿の竪箜篌を腕に一人宮后苑に出向いた。

寝間着の袍と衵服だけでは少々肌寒いが、束の間ならよかろうと、二十四亭の長椅子に腰を下ろす。

弦をピンと弾くと秋の夜の冷えた空気に澄んだ音が響き渡った。合わせて腰まで伸びたくせのない黒髪が揺れる。

だが、その響きを聞く者は雪梅と欠けた月以外誰もいない。

(ちょっと贅沢な時間ね……)

この竪箜篌は重陽節の宴での演奏と、今回の横領事件の証拠集めの褒美にと、康熙から賜ったものだった。

まさか、生まれ変わってまた音楽を嗜むことになるとはと感慨深い。

思い付くままに曲を奏でる。

まずは嫦娥《じょうが》という月の女神と人間の男の恋物語を歌にしたものにした。演奏も歌も拙いが、人前で演奏するわけでもないので構わない。

(気持ちがいい……。音楽ってこんなに楽しかったのね)

美雪の記憶が喜んでいるのが感じ取れる。

それからどれだけの時が過ぎたのだろうか。

三曲目に入ったのと同時に、雪梅の歌声に重低音の心地いい声が混じった。

(この声は……)

まさかと思ったが演奏も歌も止めなかった。

それにしても、声を抑えて歌っているのに、遠くにまで響き渡る声だ。

自分と息ぴったりなのにも驚いた。合唱するなど初めてだったのに。

曲が終わるのと同時に顔を上げる。

「陛下……」

やはり康熙だった。

髪の色と同じ瑠璃色の袍を身に纏っている。髪は下ろして流していた。

今夜の月明かりと同じ黄金色の双眸を目にした途端、雪梅の心臓が早鐘を打ち始める。重陽節の宴の最中に奏上した時よりも、よほど緊張して大きく高鳴っていた。

「てっきり嫦娥が舞い降り、戯れに歌っているのかと思えば……お前だったか」

「お、お散歩中、大変失礼いたしました。すぐに戻りますので」

「ああ、いい。私がお前の邪魔をしたのだから。それに、一人で月見をするには少々肌寒い夜だ」

康熙は微笑みながら雪梅の隣に腰を下ろした。

かすかに肩が触れてまたドキリとする。

(もう、私ったら何をときめいているの)

康熙は話し相手がほしかったのだろうか。月を見上げながらぽつりと呟いた。

「今宵の月は一際美しいな。だが、孤独にも見える。毎夜一人で輝いて、嫦娥は寂しくはないのか」

「あっ、大丈夫ですよ。ちゃんと裏に太陽がありますから」

「なんだと？」

しまったとはっとして口を閉じる。

焔の国の天文学は未発達で、この世界が星の上にあるとすら認識していない。月食や日食の存在は知られているが、まだ原理は解明されていない。

なのに、さも当たり前のように太陽と月の関係を語ってしまったのだ。

黄金色の視線が自分に向けられるのを感じる。

「お前は不思議な女だな。時折知らぬ国から来た者のように思える」

「い、いえ、そんなことは……」

いきなり言い当てられ、背筋から冷や汗が流れ落ちた。

阿白と言い、黄金色の瞳の持ち主は皆慧眼なのだろうか。

緊張したからかぶるりと体が震える。

「なんだ、寒いのか」

「あ、いえ、そういうわけでは……」

次の瞬間、不意に肩に手を回され抱き寄せられた。

「……っ」

「こうすれば寒くはないだろう」

康熙は更にみずからの袍の帯を解いて雪梅にかけてくれた。

「い、いけません。陛下がお風邪を召してしまいます」

「つい先日治ったばかりだ。さすがに当分はかからぬだろう」

それ以上何も言えなくなってしまう。

康熙の袍はまだ温もりが残っており、焚きしめられた香の香りがした。琥珀を燃したような渋さと甘さが複雑に絡んだ香りだ。

（陛下の香り……）

心臓が早鐘を打つどころか、爆発しそうになる。

このままでは死んでしまうと思わず口を開いた。

「あ、あの、陛下はお月見が趣味なのでしょうか？」

心臓の音を誤魔化せるなら話題はなんでもよかった。

「今日は満月ではございませんが……」

康熙は「そうだな……」と言い月を仰いだ。

「月ではなく天を見ると言った方が正しいか」

「天……ですか？」

「ああ、そうだ。天は広く、高く、限りがないだろう。こうして見上げるたびに、おのれを取るに足らぬちっぽけな者だと感じる」

雪梅は息を呑んで康熙の端整な横顔を見つめた。

大焔帝国を統べる皇帝ともあろう者が、自分をちっぽけだと感じているとは——。

康熙は言葉を続けた。

「私も天にとっては万物の一物に過ぎず、使命のために生かされているのだとも。そう思うことができさえすれば、天子として道を踏み外さず、正しく統べられる気がする」

「陛下……」

薄い唇の端に笑みを浮かべる。

「それゆえ、こうして夜に時折一人歩きをしている。これからもお前の邪魔をすることになるだろうが、許せよ」

「そんな、滅相もございません」

雪梅は首を横に振った。

（そんなことを考えていらっしゃっただなんて）

その謙虚な気高さに更に心惹かれてしまう。

（……惹かれる？）

もうとっくに気付いていたのに、ずっと気付かない振りをしていたその思いを、ついに言葉にしてしまった。

（ああ、そう。そうだったの……）

阿白に似ているからではない。いつしか、差し伸べられた手の温かさに、自分に向けられた黄金色の瞳に恋をしていたのだ。

康熙に「雪梅」と名を呼ばれはっとする。

「は、はい、なんでしょう」

「お前への褒美はその竪箜篌だけでは足りぬ気がしていた。一人きりの一時を邪魔した詫びもある。そこでだ」

康熙は雪梅を尚儀局の司楽から尚宮局の司簿へ戻してやろうと告げた。

「えっ……本当ですか？」

「ああ。そもそも司簿の異常な異動の早さは道玄の意図したものだったからな」

つまり、仕事の詳細を把握する前に異動させることで、自分の犯罪を見破る者が現れないように取り計らっていたのだ。

ちなみに、雪梅が宮女の選抜の際他の候補者に妨害され、筆記試験で最悪の成績だったのにもかかわらず宮女として採用されたのも、逆に数字に疎い、ドジな娘なら、横領もバレないだろうと踏んだかららしい。

なお、美人を採用すれば皇帝の覚えもめでたくなるだろうとの計算もあったと聞き、がくりとした。

「どうした」

そんな理由で採用されたのかと悲しくなったが、世の中は結果オーライではないかと気を取り直す。

（そうよ、きっかけなんてなんだっていいじゃない。とりあえず、白いご飯がお腹いっぱい食べら

れるところで仕事ができるようになったんだから）

康熙が話を続ける。

「だが、その道玄もいない今その必要はない」

ならば、適材適所。個人の特性や能力に合った局、あるいは司に配置しようということになったのだとか。

「あ、ありがとうございます……！」

司楽にいる間、やはり性に合わぬ。数字を扱いたいと実感していたため、この提案はありがたかった。

「あっ、それとできれば……」

おずおずともう一つの望みを口にする。

「文深閣《ぶんしんかく》への出入りを許可願えないでしょうか？」

文深閣とは禁城内にある蔵書楼――つまりは図書館だ。世界中からありとあらゆる書物が取り寄せられている、知の宝庫でもあった。

貴重な書物ばかりであるために、文深閣に出入りできる者は皇帝の康熙、その他皇族、資料を必要とする貴族、官吏、宮廷直属の学者に限られている。

宮女以前に女の出入りなど想定されてすらいないだろう。

そのためにダメ元覚悟だったのだが――。

康熙は微笑みながら「よい、許す」と頷いた。

「えっ……」

「お前はつくづく女らしくない望みを口にするな」

「あっ……ありがとうございます……！」

「それほど嬉しいか？」

「はい。私は学がないので、なんとかそれを独学で埋められないかと。文深閣にはどんな学問の教科書もあるでしょう？」

「学がない？　とてもそうは見えぬがな」

「以前も申し上げたように貧民の出なので……」

食うや食わずの暮らしをしていた頃は、勉強など考えられもしなかったのだが、衣食住の保証された今、その必要性を痛感するようになっていた。

読み書きと貧民なりの処世術だけ習得しているが、転生したこの世界――焔についての知識量は底辺にある。美雪の細々とした記憶がなければどうなっていたのかわからない。

だが、いつまでも前世に頼り切りでもいられない。雪梅として今を生きるために今の知識がほしかった。

だから、自分の生まれ育ちを恥じているわけではないが、やはり康熙のような王侯貴族の子息らが、当然のように教育を受けられるのが羨ましい。それも、一般常識から教養レベルまで幅広いのだから。

「なるほど、お前には一から知識が必要なのだな。だが、独学は無理があるのではないか。師が必要だろう」

と言われても、焔では教師と呼べるような存在は皆男だ。皇帝と宦官以外男の立ち入れぬこの後宮に呼び出すことはできない。女性もいないわけではないが競争率が高く、皆王侯貴族の令嬢に雇われている。

「確かにそうなのですが、師になっていただけるような方が……」

黄金色の目がふと細められた。

「ここにいるだろう」

「えっ……」

「お前の目の前にいる男は実学はもちろん、文学、史学、書道――お前には帝王学は必要ないだろうが、教養と呼べる学問は一通り修得している」

「……」

ぽかんとしてしまった。数秒後、我に返って「滅相もない！」と手を振る。

「そんな、恐れ多いです。陛下に教えていただくなど……」

康熙は珍しく声を上げてくすくすと笑った。

「雪梅、人に教えるにはみずからがその学問の理を解していなければならぬ。それゆえ、人の師となることは、もっともよき学びの道だとも言われていてな」

つまり、皇帝である自分のためにそうしろというのだ。

「それは、命令ですか？」

「ああ、そうだ」

（……ずるい）

照れ臭い思いで目の前の康熙の笑顔を見つめる。

（皇帝陛下の命令なんて断れるはずがないじゃない。それに……）

そんな無邪気な笑顔を見せられては受け入れざるを得ない。

（陛下のこんな笑顔を初めて見たかもしれない）

康熙はいつ何時も冷静で、落ち着きのある立ち振る舞いをしている。妃たちにも宮女にも感情的なところを見せたことがなかった。

「……命令なら仕方ありません」

「意地っ張りだな」

「……」

恥ずかしくなって俯く。

ところがすぐに顎を摘まれくいと上向かされた。

「へ、陛下？」

熱の籠もった黄金色の眼差しに射貫かれ呼吸が止まる。

「あ、あの……」

「……お前は愛らしいな」

耳を擽る囁きに思わず「ひゃんっ」と甲高い、奇妙な声を上げてしまった。

「愛らしくて、食べてしまいたくなる」

不意に抱き寄せられ、肩が袍越しではあるが、康熙の厚い胸板に触れた。

「……っ」

自分とはまったく違う、かたい感触にビクリとする。

「へ、陛下……」

「何も言うな」

肌寒い夜であるだけに、重ねられたその唇は熱く、少し乾いていた。

一日離れたかと思うと、またすぐに塞がれ、言葉を呑み込まれてしまう。

「へ……い……んっ」

繰り返される口付けのわずかな間に、康熙はその黄金色の瞳で心を注ぎ込むように藤色のそれを見下ろし、雪梅が息を呑む間にまた口付けた。

夜風がざざと、細い背に流れ落ちる雪梅の長い黒髪を揺らす。そのかすかな音以外、二人の邪魔をするものは何もなかった。

第四章「皇帝陛下の寵姫になった件」

文深閣には焔のみならず、各国から取り寄せた、あるいは大使に献上された貴重な書物が保管されている。

貴重な書物ばかりなので、皇帝の康熙を始めとする、身元の確かな者だけが出入りできる。

それもほとんどが男で、皇族——皇后や公主なら女も許されているのだが、今まで彼女たちがやって来ることはほとんどなかった。学問や知識は男のものだという、暗黙の了解があるからだろう。

男でもなければ皇族でもない、品位もない宮女が足を踏み入れるのは、恐らく史上初なのではないか。

緊張から出入り口を潜る足が震えた。

「大丈夫だ」

隣の康熙に背を軽く叩かれる。

「すでに管理には話を通してあるし、今日は服装も男のものにしているだろう」

「わ、わかってはいるのですが……」

今日雪梅はいつもの裳、衫、披の宮女向けのお仕着せではなく、官吏と同じ盤領に袴、革のベルトに長靴の胡服を身にまとっていた。長い髪も官吏風に結い上げ幞頭帽を被っている。

つまりは男装なのだが、これは文深閣を管理する官吏からの要請だった。

文深閣に出入りする官吏や学者には、雪梅にも許可を与えたことを通知しているが、それでも女が文深閣にいるというだけで、いまだに抵抗感を覚える者がいる。そうした男尊女卑の感覚を持つ者は少なくないので、せめて服装だけでも男に見えるようにしてくれと。

それくらいお安い御用だった。

なぜなら、現在焔の女の間では男装が流行している。特に、官吏の制服に当たる胡服は動きやすく、またすっきりした直線のラインがお洒落だと評判なのだ。仕立屋にも胡服風の衣装の依頼が殺到していると聞いている。

日本ではジャケットにパンツスタイルくらいの感覚なのだろう。

だから、抵抗感はまったくなかった。

文深閣の第一蔵書楼に一歩入った途端、思わず「わあ……」と声を上げた。

「すごい……」

第一蔵書楼には医学、律令学、経済学などの実学分野の書物が収集されている。

その数は圧巻という他なかった。

館内には雪梅の背の二倍はある本棚が整然と並べられ、中には隙間なく書物が収蔵されている。

前世の小学校の図書室で嗅いだ、懐かしい古い本のにおいがした。

「紙のにおいってどの世界もそんなに変わらないのね……」

「うん、雪梅、どうした？」

「あっ、なんでもありません。ええっと、今日は律令学でしたっけ」

「ああ、律令学の棚はここから二、三分歩かなければならなくてな」

「広いのですね……」

目当ての本棚に向かい、目的の書物を探して辺りを見回す。

「あっ、あった」

だが、本棚の上から三段目の位置にあり、雪梅の身長ではうんと手を伸ばしても届きそうにない。

「ううん、あとちょっとなのに……」

すると、背後に康熙が立ち、書物をすっと引き抜いた。

「ああ、これだな」

「……」

ぽかんと口を開けて康熙を見上げてしまう。

康熙も雪梅を見下ろし、ぷっと噴き出した。

「なんだ、間抜けな顔をして」

「あ、あの、びっくりして……。陛下は届くんですね……」

康熙は大尺で六尺以上――つまり一八〇センチ以上あると聞いていたが、それをあらためて実感させられた。

焔の男の平均身長は一六五センチ、女は一五〇センチ前後なので、ずば抜けて高いということになる。

「ああ、これくらいならな」

途端に間近にある端整な美貌や黄金色の瞳や、書物を手に取った長い腕を意識してしまう。心臓が早鐘を打ち始める。

更に、先週の秋の月夜の出来事を思い出してしまった。

(もう、何を考えているの。あれは陛下の気紛れよ)

あの夜、康熙は口付けを繰り返したのち、再び肩を抱いて月を見上げ、「では、次は文深閣で」と、何事もなかったかのようにその場を立ち去った。

(そう、陛下には慣れたことで……。きっと誰にでもしていることなのよ)

そう自分に言い聞かせた途端、心臓がズキンと痛んだ。

後宮は百華苑《ひゃっかえん》との俗称があり、あまたの美女がいるという意味である。その華を摘む権利があるのは皇帝だけだとも。

自分は華の一つどころかその辺の野の花。あるいは雑草で、ちょっと珍しいからと戯れに手を出しただけだ。

構ってくれるのも暇つぶしなのだろう。そう思わなければやっていられなかった。

「ほら」

「……ありがとうございます」

康煕から書物を受け取りながら、これでは宮女失格だと自分を叱り付ける。

(こんなことで落ち込んでは駄目。これからどのお妃様にお渡りがあるのかわからないんだから)

もうこれほどよくしてもらっているのだ。欲張りになってはいけない。

「陛下、私、五刑の書物を探してきます。お勧めの筆者は王仁林でしたね？」

「ああ、解釈に定評があり、官吏もほとんど王のものを採用している」

「わかりました。じゃあ、十分ほど待っていてくれますか」

雪梅は足早に康煕のもとから離れた。

(陛下はあんなに近くにいるのに……)

手を伸ばすなど恐れ多くて不可能だし、そもそも届くはずがない。

だが、こうして一緒にいられる時間は捨てがたかった。たとえ、遊ばれているとわかっていてもだ。

ふと、妃たちを羨ましく思う。側室とはいえ、康煕の女であるとの保証を得ているのだから。

(片思いって……こんなに胸が痛くなることだったんだ)

阿白とは幼い恋ながらも両思いで、それを疑うこともなかったのに。

通路を通り抜け王仁林の書物が収蔵された本棚の前に立ち止まる。

「……」

首を横にブンブン振って気を取り直した。

とにかく、今は勉強だ。

（そう、勉強。勉強！　頑張って仕事をしっかりする。私にできることはそれだけなんだから）

王仁林の書物は本棚一台を占領していたが、目的の書物はすぐに見つかった。

ただし、またもや上から三段目の手の届かない場所だった。

「もう、また？」

焔では男も平均一六五センチしかないのに、なぜ本棚をこれほど高くしたのかと愚痴る。

仕方がない。時間は掛かるが管理人室へ行き、梯子《はしご》を借りて戻ろうと身を翻したその時だった。

「何、あんた、あの本がほしいわけ？」

「えっ……」

康熙とは違う男の手が伸ばされる。

「まあ、そんなにチビじゃ無理だよな。ほら」

驚いて振り返って驚いた。

葛巾《かっきん》で髪の一部をハーフアップにまとめ、あとはラフに下ろした男が書物を手に立っていたからだ。

一体何者なのかと目を見張る。

男はロングベストによく似た直領半臂に交領衫《こうりょうさん》を身にまとっていた。

髪型も服装も官吏のものではない。それどころか、髪をまとめている葛巾にいたっては、まだ官位についていない者の証か、いわゆる遊び人のアイテムとされている。

つまり、この文深閣に出入りする官吏でもなければ学者でもない。

男の長い髪は焔では珍しい銀髪だった。

だが、それよりも雪梅の目を引いたのは――。

(陛下と同じ瞳の色……)

そう、男は黄金色の瞳をしていたのだ。

それだけではない。端整な顔立ちも康熙によく似ていた。

だが、身にまとう雰囲気がまったく違う。それに――。

(どこかで、会ったことがある?)

「えっ、何、まさか、あんた女? 道理でチビだと思った」

黄金色の瞳が好奇心に光る。

「ああ、そういえば管理が言っていたな。あんたがあの噂の宮女? とんでもない女傑《じょけつ》って聞いていたけど、なんだ。普通の女じゃないか」

「……」

口調がパリピかつチャラ男のそれだった。一気に既視感が吹っ飛んでしまう。

「あの、あなたは……」

この手の男に関わるとろくなことがない。

警戒し一歩後ずさる。

「ああ、俺？　聞いてない？　ほら、馬鹿公子って有名な男だよ」

「えっ……」

女たらしの馬鹿公子――その不名誉なあだ名には聞き覚えがあった。

「聖明様、ですか？」

康熙の異母弟の聖明だ。粛清された一族出身の皇后腹で、飼い殺しにされていると噂の――。

それにしても、女たらしの馬鹿公子とは自称するものだろうか。怒るどころか無礼打ちにしてもいいくらいだと思うが――。

しかし、聖明は屈託がなかった。

「そうそう、それが俺ね。あんたはなんて言ったっけ。えーっと、雪がなんとか……」

「雪梅と申します。以後お見知りおきを」

左手の拳を右手で包み、そのまま両手を左の腰に当て、膝をわずかに曲げて頭を下げる。

再び顔を上げると、目を覆い隠していた前髪が分かれ、藤色の瞳があらわになった。

「あんた……」

聖明が黄金色の目を見開く。

「本当に名は雪梅なのか?」

「は、はい、そうですが……私の名がどうかしましたか?」

食い入るように雪梅を見下ろしていたが、やがて「ちょっと来い」と雪梅の手首を掴んだ。

「えっ、ちょっ……」

雪梅は状況を把握できずに混乱した。

「お、お待ちください。私は……」

「すぐに終わるから」

聖明は第一蔵書楼の片隅に雪梅を追い込んだ。

「聖明様、何を……」

無言で胡服の襟元に手を掛け、脱がそうとするのでぎょっとする。

「お、お止めください!」

まさか、公子ともあろう者がこんな場で暴行を働こうとは。

「違う。確かめたいだけだ。なあ、雪梅、あんたはもしかして……」

「何するのよ!」

大事にしたくはなかったので、悲鳴は上げたくなかったが、さすがにここまで来ると我慢できなかった。なおも襟元から手を放そうとしない、聖明の向こうずねを思い切り蹴り上げる。

股間でないだけ感謝してほしかった。

「～っ！」

キックがクリーンヒットしたのか、聖明はその場に蹲り、襟元に掛けられていた手の力が緩んだ。

この隙にと腕の中から抜け出し、荒い息を吐いて襟元を正す。

「こ、この気の強さ、男を男とも思わぬ跳ねっ返り具合、やっぱり、あんたは……」

「皇帝陛下の御許にある神聖な蔵書楼でこんな無体な真似をなさるとは！　それでも公子ですか！」

第三者の重低音の声が揉み合う二人に重なる。

「何事だ⁉」

「陛下！」

この時ほど康熙の介入をありがたいと思ったことはなかった。

康熙は雪梅の胡服の乱れを見て、すぐに何があったのか悟ったのだろう。

すばやく雪梅を背後に庇い、龍も虎をも射貫く眼差しで聖明を睨め付けた。

「聖明、このような場で狼藉を働こうとはどういうつもりだ」

「兄上、いいえ、陛下。俺は……」

「しかも、この者は宮女。後宮に住まう女だぞ」

ようやく自分の立場を思い出したのだろう。聖明ははっとしてその場に立ち尽くした。

「……申し訳ございません」

唇を噛み締め胸に手を当て、深々と頭を垂れる。

「……宮女に狼藉を働いたこと、心よりお詫び申し上げます。どのような罰もお受けしますので……」

てっきり見苦しく言い訳をするのかと思いきや、心からの反省を感じ取れる素直な謝罪だった。

康熙はすぐに「一週間の謹慎を命じる」と沙汰を申しつける。

「以後、このような真似は働かぬよう」

「……かしこまりました」

血の繋がりのある兄弟とはいえ、皇帝とそうでない公子とでは、天と地ほどの開きがある。

その差を思い知る双方の態度だった。

だが、なぜだろう。二人の間にある雰囲気には、切なさが漂っているように思えた。


「雪梅、行くぞ」

雪梅は康熙に連れられ文深閣を退出した。

外に出、文深閣の裏側に回ったところで、ようやく緊張が解け大きく息を吐く。

「大丈夫か」

康熙に問われ小さく頷く。

「はい。少々驚きましたが……」

「少々ではないだろう」

「へ、陛下……」

目を合わせると恋心を悟られそうで目を逸らす。だが、康熙はそれを許さなかった。

「雪梅、私を見ろ」

「……」

命じられては逆らえない。

康熙は雪梅の頬をそっと包み込んだ。

「まだこれほど震えているではないか」

「それは……」

雪梅は幼少時色黒で顔立ちも醜い方だった。

だから、人攫いにも痴漢にも遭ったこともなく、逆に不器量を感謝していたものだ。言い寄ってきたのは阿白くらいだった。

以降も自分を美しいと認識せずに生きてきて、後宮に来て初めて自分の真の顔がどんなものかを知った。

まだ期間が短いのもあって、いまだに自分が美女だという実感はない。どれだけ男の目に魅力的に映り、触れたい、抱きたいと思わせるのかも知らなかった。

それだけに、紅梅楼に続いて、男性から受けた二度目の暴力には大きな衝撃を受けていた。

「ほ、本当に大丈夫ですから……」

「……お前は嘘が下手だな」

不意に目元に唇を落とされ、驚きに震えが止まった。

「へ、陛下……?」

「よく後宮で生きていけるものだ。いっそ腕の中に閉じ込めてしまいたくなる。そうすれば、痛い目にも悲しい目にも遭わせせぬ」

「……っ」

甘い言葉にまた勘違いしそうになる。

「お、お止めください」

不敬だとは思いながらも、胸に手を当てて押し返そうとしたが、厚い胸板はびくともしなかった。

「なぜだ?」

「な、なぜって……」

自分は貧民出身の宮女でしかない。気紛れに手折られるのは悲しかった。

ぐしゃぐしゃの感情をなんとか抑制しようとしたがうまくいかない。

それでも、なんとか言葉を捻り出した。

「私は、確かに宮女に過ぎません。後宮の女はすべて陛下のものです。ですが、人です。男の方と同じように心があります。遊ばれるのは……辛いのです」

後宮で働く以上割り切るべきなのだろうが、やはり雪梅には耐えられそうになかった。

そして、ついに康熙に思いを打ち明けてしまう。

「陛下が私に触れた手で、他の女の方に触れられるのも……。私の言葉が不愉快だというのなら、後宮より叩き出していただいても構いません」

むしろ、元通りの貧乏暮らしになっても、そちらの方がよほどよかった。

康熙は雪梅を見下ろしたまま口を閉ざしていたが、やがておもむろに開いて「……心外だ」と呟いた。

「……っ」

ああ、やはり機嫌を損ねてしまったかと目を閉じる。

ところが、今度は顎を摘まれ伏せかけていた顔を上向かされた。また口付けられるのかとびくりとしたがそうではなかった。

康熙の薄い唇の端に苦笑いが浮かんでいる。

「私は確かに後宮に女を囲う身ではあるが、手当たり次第寝所に引き込んでいるわけではない」

むしろ、現状はそれが憚られる環境なのだという。

「お前もすでに知っているだろうが、河淑妃は近いうちに珀国へ帰すことになるだろう」

「えっ、近いうちにですか？」

「ああ。先日再び政変が勃発したとの報告を受けた」

王位簒奪者である鈴麗の叔父の暴政に堪えかね、ついに民衆が反乱を起こしたのだという。鈴麗の叔父は側近の裏切りによって捕らえられ、首をはねられ晒されている状況なのだとか。

「珀国から河淑妃を帰してほしいと要請があった。やはり、あの国の国王には霊力が必要なのだろうな」

まだ混乱していて危険なので、数ヶ月は様子を見る必要があるが、落ち着き次第鈴麗の意向も聞いて、その上で帰すかどうか決定すると。

「そう、だったのですか……」

恐らく鈴麗は帰国を希望するだろう。一見、甘えん坊の子どもに見える彼女だが、王族として、民の上に立つ者としての意識は強い。よい女王になるのではないかと思われた。

とはいえ、鈴麗が後宮から去るのは寂しかった。

「趙徳妃もだ。事情があって後宮に入れているが、いずれある国に譲り渡すつもりでいる」

貿易の取引材料になってもらうのだとか。

「あっ……」

思わず声を上げる。

その国とは胡国ではないか。

やはり康熙は趙徳妃が密かに結婚し、娘が産まれていたことを知っていたのだ。

「徳妃も哀れな女だ」

皇帝のお渡りが一度もない妃は、許可さえあれば臣下への下賜や実家へ戻ることが許されている。

康熙はその制度を利用するつもりなのだろう。

「張賢妃《ジャンけんひ》はいずれ実家に帰すことになるだろう。……あの者は体が弱く男の相手は不可能だ」

張賢妃の父親は女子どもにも手を上げる横暴な性格なのだが、跡継ぎの長兄は有能かつ人格者であり、妹が出戻ることになろうと保護する意思があるのだとか。

そこまで聞いてようやく悟る。

「後宮にいらっしゃるお妃様方は、皆様ご実家に居場所がない方なのでしょうか？」

あるいは、鈴麗のようなわけありだ。

「それだけでもないのだがな。ただ……子ができては少々問題のある家の者ばかりだ」

雪梅は康熙が弱小貴族の妃腹で、後ろ盾が弱かったことを思い出した。

なるほど、外戚に乗っ取られぬよう警戒しているのだろう。有力貴族の後ろ盾はほしいが、皇帝以上の実権を握られては敵わない。

「皇帝といえどもままならぬ。後宮の女と変わらない。だが」

康熙は雪梅の頬に手を当てた。

「お前の前でだけは、思いのままに振る舞える。ありのままの私でいられるのだ」

何も偽る必要がないと。

「それゆえ、お前に下手でも嘘を吐かれると傷付く」

「き、傷付く、ですか？　陛下が？」

「ああ、そうだ。大焔帝国広しといえども、私にこのような思いをさせるのはお前だけだ」

康熙は頬を寄せそっと唇を重ねた。

「お前だけが信じられる」

「……っ」

「雪梅、どうか嘘を吐かないでくれ」

目元に、頬に、顎に口付けられ、顔が溶けそうになる。

「我愛你《ウォーアイニー》」

その囁きに耳が熱を持った。

「へ、陛下……」

焔で「愛しています」とはそう簡単に言える一言ではない。「好きです」くらいならよくあるのだが、「愛しています」とは真心を捧げる相手に遣うものだ。

心臓が大きく跳ね上がり、耳に届くほどの早鐘を打つ。

「聞こえなかったか？　愛している、雪梅。どうか私の前では何も偽らず、そのままのお前でいてくれ」

禁城内に皇帝の寝所は三箇所ある。

皇帝の住居である清王宮《せいおうぐう》に一室、いつでも休めるよう執務室の隣に一室、そして、後宮の庭園、宮后苑の裏手に用意された御紫亭《おんしてい》だ。

御紫亭は多忙な皇帝を慰めるための宿屋風の小宮殿だ。

部屋は二十五あり、季節ごとに移動する。すると、その季節にもっとも相応しい雪月花の風景を、窓から愛でられるようになっていた。

うち一室は皇帝専用の寝室で、本人以外は立ち入れないようになっていた。

そして今日、康熙と雪梅は小雪《しょうせつ》の間と呼ばれる寝室にいた。

初雪はまだで、枯れ葉はすでに木から落ちており、窓の外の景色は少々味気ない。だが、今の二人に冬の侘しさなどどうでもよかった。

天蓋のある寝台にゆっくりと横たえられ、伸し掛かられ、そっと唇を塞がれる。

「ん……」

すでに衣服を脱ぎ捨てているからか、康熙との距離をより一層近くに感じた。

ぬるぬるとして温かく湿った感触を覚えながら、閉じていた瞼をゆっくり開くと、熱を宿した黄金色の瞳があった。

切れ長の目を縁取る睫毛が思いの外濃い。康熙の祖先は東方出身だと聞いているが、胡人の血を引いているのかもしれなかった。

「雪梅……」

続いて雪梅の目元や、頬や、顎に啄ばむように口付ける。

「やっ……」

頬を染めた顔を見られるのが恥ずかしいのに、唇で触れられるのが気持ちいい。

「ひゃうっ」

途中、くすぐったくて顔を逸らそうとしたものの、頬を挟まれて動けなくなってしまった。

「〜っっ」

高鳴る心臓を抱えて目をかたく閉じる。

「照れるお前も愛らしいものだな」

また、深く口付けられ呼吸困難に陥りそうだった。

「ん……ふ」

まだ口付けに慣れていないからだろう。息苦しさに唇を開くと、するりと熱く湿った舌が滑り込んできた。

「んんっ……」

思わず目を見開いてしまう。

口の中でみずからの舌を搦め捕られ、衝撃的な口付けに身を捩らせてしまう。とはいえ、これほど淫らな行為なのに、嫌悪感があるわけではなかった。

くちゅ、くちゅと口内で淫らな音がする。康熙と自分だけに聞こえるのだと思うと、身も心も熱を持ってきた。足の狭間に熱い何かがじわりと滲む。

心臓の鼓動は早鐘を打ち、今にも破裂してしまいそうだ。すると、息が乱れてまた苦しくなってきた。目の端に涙が滲むのを感じる。

雪梅が苦しがっているのに気付いたのだろうか。康熙がそっと唇を離し、唇の端を手で拭ってくれた。

「……ん……あ……」

鼻に掛かった甘い喘ぎ声が漏れ出てしまう。

「そのような声は初めて聞く」

当たり前だ。男性と床をともにするなど初めてなのだから。ただし、口付けだけは二度目だったが。

康熙は寝台に散る長い黒髪を指先に絡めた。瞼を伏せて毛先に口付け目を細める。

「お前の香りがする。何か香をつけているのか？」

「い、いいえ。多分司簿で焚いているものが移ったのかと……」

「なかなか趣味がいい。これは……恐らく藤の花だな。雪梅」

雪梅の名を呼ぶ康熙の声は、香の香りよりよほど甘い響きを持っていた。

「それに、お前の胸元にはこんな痣があったのか」

雪梅の谷間近くにある、梅の花にも似た痣に目を落とす。

「藤の香りがし、梅を胸に抱く。……お前は不思議な女だ」

黄金色の瞳に浮かぶ光に心臓が大きく鳴り響く。

男のこのような目を目の当たりにするのは生まれて初めてだった。燃え尽くさんばかりの欲望と掌中の珠を愛おしむような切なさが入り交じっている。

「藤の香りにも、お前にも、溺れてしまいそうだ。このような気持ちは……生まれて初めてだ」

「陛下……」

生まれて初めてと聞いて嬉しかったが、康熙は大焔帝国の皇帝なのだ。数多の美女を知っているのだろうと思うと、こんなところで傷付いてしまう。

そもそも、以前は妓楼にお忍びで夜遊びに来ていたのだ。女好きでなければそんなところに行く気にもならないだろう。

「雪梅、何を考えている」

顎を掴まれいささか強引に上向かされる。

「別に、何も……」

「もう一度口付けてやろうか？」

またもやディープキスなのかと恐れ戦く。もう一度されると今度こそ呼吸困難になりそうなので、慌てて「初めて会ったところが妓楼だったので……」と打ち明けた。

「あの日は妓女と遊ぶつもりだったでしょう？」

康熙は目を見開いて雪梅を見下ろしていたが、やがて破顔し「嫉妬か」と嬉しそうに呟いた。

「し、嫉妬なんかじゃ……」

「お前は何をしても愛らしいな。あれは官吏の一団に適当に紛れたら、その行き先が妓楼だったというだけだ」

「……」

「なんだ、信じぬのか？」

「そういうことに、しておきます……」

「生意気な口を利く」

だが、そこがまた愛らしい――。

先ほどから愛らしい、愛らしいと耳元で繰り返され、つい頬が熱くなってしまう。

「そんなに……愛らしいなんて言わないでください」

「愛らしいものを愛らしいと言って何が悪い？」

康熙は雪梅の体を抱き寄せた。

「こうしてお前を抱いていると、私は途端に愚か者になってしまう。政務も、教養だからと叩き込まれた詩文もすべて忘れて、愛おしい、愛らしいとそればかりになってしまう」

「……」

飾り気のない思いの吐露に目を瞬かせる。

（これは夢なのかしら？）

皇帝と一夜をともにし、愛おしい、愛らしいと囁かれるなど。なら、ずっと浸っていたかった。

「お前は私をどう思う？」

「私が、陛下を？」

美しい、大きい、逞しい――様々な形容詞が思い浮かんだが、最後に口にした言葉はこれだった。

「好き……です」

自分の語彙もどこへ行ってしまったのかと情けなくなる。だが、これしか思い浮かばなかったし、これが最上だと感じたのだ。

手を伸ばして康熙の頬を包み返す。

「……雪梅？」

「好き、です」

恐れ多いと思いつつ康熙の頭を引き寄せ、そっと康熙の薄い唇にみずからのそれを重ねた。

「大好きです」

恥ずかしいという気持ちも熱に掻き消され、「もっとしてください」と囁いた。

「大好きなんです」

「雪梅……」

康熙は溜め息を吐き、再び雪梅の顔を包み込んだ。

「そのような愛らしい態度を取られると、私は獣と化してしまいそうだ」

そのまま顔に、首筋に、胸元にキスの雨を降らせる。

「ここからも、そこからも藤の香りがする」

唇が膨らみの近くにまで来たところで、軽く肌を吸われて体がびくんとなった。

「やんっ……」

今まで出したこともない鼻に掛かった声に自分が驚いた。

「声まで愛らしいとは」

康熙は柔らかな線を描く雪梅の体を、濡れた唇でゆっくりとなぞっていった。腹から腿、腿から爪先に――やがて、右足を持ち上げられ甲にまで口付けられる。更に、足の指を口に含まれた。

「あんっ」

指と指の狭間の敏感な箇所を舌でなぞられ、背筋に軽い痺れが走る。

「足なんて……汚いです」

それだけではない。雪梅の足は庶民の家庭の娘に比べても大きい。長年母の代わりに立ち働いてきたからだろう。

だが、康熙はやめようとしなかった。

「汚いものか」

ちゅっと吸い上げ更に足の指を味わう。

「どこもかしこも甘い香りがする……」

康熙に褒められると、自分の足がこの世でもっとも美しいもののように感じた。とはいえ、やはり皇帝に体の下部にある足を舐めさせるのには抵抗がある。

「へ、陛下……いけません。宮女の足を舐めるなど。天子ともあろう方が、このような真似を……」

「天子だからこそだ。見上げられるばかりでは……疲れる。どうかお前に尽くさせてくれ」

「そんな、私に尽くすだなんて……」

「まったく、意固地だな」

康熙は顔を上げ、みずからの腰紐を抜き取ると、袍と下着を脱ぎ捨てた。

生まれて初めて目にする男性の肉体に息を呑む。

着痩せしているとは思ったが、想像以上に逞しい肉体だった。がっしりとした肩と筋肉のついた胸、腹筋は引き締まり割れている。日々武術で鍛えているのが見て取れた。

陰影があり、生々しく、圧倒的で目が離せない。頼りない自分のそれとはまったく違っていた。

「あっ、も、申し訳ございません。つい……」

「なぜ謝る?」

「つ、つい見てしまいまして……」

康熙は切れ長の目をわずかに見開き、すぐにくすくすと笑って雪梅の後頭部に手を回した。

「いくらでも見るといい。私は今宵雪梅だけのものだ。天子ではなく一人の男でしかない」

「そんな、恐れ多い……」

不意に耳を軽く齧られ、つい「あっ」と声を上げてしまう。

更に首筋に顔を埋めらると、心臓が爆発しそうになった。右胸をそっと擦られた時には、強く跳ね上がり胸から飛び出したのかと錯覚した。長い指と大きな手の平を直に感じる。

「んっ……」

ゆっくりと優しく揉み込まれ、続いて下から持ち上げるようにされる。続いて右の胸に口づけられ、肌を吸われた時には、「んっ」と瞼をかたく閉じてしまった。

そのまま何度かピリリと痛みを感じて、恐る恐る瞼を開けると、肌に赤い印がつけられていた。

康熙が薄い唇の端に笑みを浮かべる。

「これでお前は私のものだ」

「へ、陛下……」

「私もお前のものにしてくれ」

まさか、同じようにキスマークを付けろというのか。

顔から火が噴き出る思いで康熙の鎖骨に唇を着ける。軽く吸ったがなかなか赤くならない。

「もっと強く吸ってみろ」

「は、はい……」

思い切って唇に力を込めると、ようやく康熙の肌にも赤い痕がついた。

「この通り、私はお前のものだ」

「そんな……。あっ」

康熙は今度は左胸に唇を付けた。まだキスマークを付けるつもりらしい。

「あ、陛下、いけませんっ。も、もし誰かに見られたら……」

康熙の二の腕を掴んで訴えたものの、その美貌は涼しい表情のままだった。

「案じることはない。どうせ今後も服を脱ぐのは私の前だけだろう？」

てっきりこの一夜で終わるものだとばかり思い込んでいたので、次もあるかのような一言に目を見開く。

「で、ですが、私は宮女でしかなくて……」

位を与えられていない宮女は、一夜の遊び相手となることがほとんどだ。雪梅も覚悟の上で康熙に抱かれている。一体康熙は何を考えているのか。

「お前は私のもので、私はお前のものなのに、なぜ一夜で終わらせなければならない？」

雪梅を妃にすればいいだけの話だと言葉を続ける。

「私を、妃に……？」

なぜか趙徳妃のぼんやりと生気のない横顔が思い浮かんだ。

「ま、待って……」

「今更何を躊躇うことがある」

止める間もなく胸の谷間に顔を埋められる。

「あっ……」

豊かに実った二つの肉塊は仰向けになっても弾力を保ち、たわわに揺れていた。

胸の頂を唇に含まれると、首筋がピリピリと痺れ、脳髄が蕩け、次第に何も考えられなくなっていった。

思考は曖昧になっても感覚はその分鋭くなるのか、胸に繰り返される刺激だけではなく、康熙から漂う香りにも酔ってしまう。

麝香《じゃこう》だろうか、それとも――。

雪梅が男の香りに酔う間に康熙は体を起こし、今度はそっと両の腿に手を添え、ゆっくりと、でも力を込めてすらりとした雪梅の脚を開いた。

誰にも見せたことのなかった狭間が晒され、腿全体の肌がざわりと粟立つ。

「あっ、やっ……」

刺激と麝香で曖昧になっていた羞恥心がたちまち戻ってきて、すでに火照っていた肉体にまた火を付けた。

康熙が視線でその箇所の色から形まで、あますところなく確かめようとしている。触れられたわけでもないのにわかってしまうほど体が敏感になっていた。

「み、見ないでくださいまし……」

蚊の鳴くような声で懇願したものの康熙が止めてくれるはずもない。

「お前はこのようなところにも花を抱いていたのか」

「は、花……？」

「ああ、そうだ。香りは藤、胸に梅、ここには牡丹が咲いている」

「そんな……花だなんて……」

賛美されればされるほど恥ずかしい。

羞恥心が熱となって血流に乗り、肌を牡丹の色に染め、子壺と隘路の内側をとろりと溶かした。

淡い茂みがわずかに濡れる。

「これほど美しい花はどうしても摘み取りたくなる」

康熙は言葉とともに脚の狭間に手を滑り込ませた。

「あっ……」

戦いでは剣を、執務では筆を握るその手は骨張っており指先も硬い。その指先がすでに湿ったそこを丹念になぞっていった。

「あ……ん」

花弁をゆるゆると揉むように刺激されたかと思うと、蜜の滲む割れ目を更に割くように辿られる。

割れ目を軽く持ち上げられ、先端が剥き出しになった花心を軽く掻かれた時には、体がびくんと震えて両脚の爪先がピンと引き攣った。

「ひゃあんっ……」

発情期の雌猫の鳴き声にも似た高い声が漏れ出て、敷布を握り締めていやいやと首を横に振った。

「まるで雌猫だな」

康熙は「もっと聞かせてくれ」と囁いた。

「私をもっと欲しいと鳴いてくれ」

雪梅の花心はすでにぷっくりと立ち、蜜にぬらぬら濡れている。

「お前の牡丹は愛らしくも淫らだ」

またあの雌猫にも似た喘ぎ声を上げてしまう。

「だ、め。あんっ……」

「だが、お前のここは蜜を出している」

康熙がいやらしく濡れた指を見せ付けてくる。

それが自分の中から出たものだと信じたくはなくて、雪梅は涙目で首を横に振った。

「ああ、泣くな。……だが、なぜだろうな。お前が愛しくてたまらないのに、涙を見ると責め立てたくもなる」

「えっ……」

それはどういう意味なのかと尋ねようとしたその直後、硬いものが蜜口にずずっと押し込まれた。

「ひっ……」

それは康熙の指だったのだが、雪梅は当初もっと太いもののように感じた。

生まれて初めて異物を受け入れたからか、圧迫感に呼吸ができなくなって喘ぐ。

「雪梅、苦しいか？」

「……っ」

先ほどの愛撫で濡れていたからか、痛いとも苦しいとも思わない。ただひたすら生まれて初めての感覚に慄いていた。

ぐちゅりと粘ついた音がして、指がより奥に入り込む。

「やっ……あんっ」

康熙の指は生き物のように隘路の内側にある雪梅の快感の在処を探った。つぅと撫ぜられたかと思うとぐっと押され、どの刺激にも反応してしまう。

だが、腹の上部側にあるその一点に触れられた時には、一瞬視界が白くなって火花が散った。

「あっ……あっ……」

全身がぶるぶると小刻みに震える。

「そうか。ここか」

「やぁんっ……」

また敷布を掴んだものの手に力が入らない。熱に浮かされて世界そのものが曖昧になっているのに、なぜか康熙の顔だけはしっかりわかる。

「雪梅、お前の体は温かいな……」

「あんっ……そこっ……もう……だめぇ……」

「この程度でもう駄目だと言われても困るな……」

康熙は不意に隘路から指を引き抜くと、雪梅の両脇に腕をつき、藤色の瞳を覗き込んだ。

「私も……そろそろ限界だ」

欲望に滾った肉の楔が花弁を割って潤った蜜口にあてがわれる。

「あっ……」

「待って」という言葉は数秒遅かった。もっとも、間に合ったところで止められなかっただろうが――。

熱く硬い逸物が隘路を貫く。

「……っ」

雪梅は目を見開いて康熙の肩越しに天蓋を見上げた。藤色の瞳から涙が一滴敷布の上に零れ落ちる。

体の奥で何かが破れた感覚がして一種呼吸が止まる。

「……っ」

康熙はおのれの分身でその感触を確かめていたが、やがて寝台に腕をついたかと思うと、ぐっと腰を進めて最奥まで貫いた。

「あ……あっ」

隘路の内壁を勢いよく擦られ、子壺へと通じるそこを突かれて身悶える。

「あ、つい……。あつい……」

岸辺に打ち上げられた魚さながらに口がパクパクする。肉の楔で串刺しにされ、このまま死んでしまうのではないかと思った。

康熙は雪梅の頬を撫でながら耳元で囁いた。

「私がお前の中にいるのがわかるか」

「……っ」

もちろん全身で感じている。

体の奥まで支配される感覚がこれほど圧倒的で、五感を凌駕するほどだとは思わなかった。美雪が死んだ際の衝動すらこれほどではなかったと思う。

衝撃に体が内側から痙攣し、康熙の分身を締め付けてしまう。

「……っ。たまらないな」

康熙は腰をゆっくり浅く引いたかと思うと、再びずるりと押し込んだ。

「あんっ」

視界の端に残っていた火花がぱっと広がる。

更に緩やかな抽送を繰り返されると、今度は隘路からじわじわと快感が広がってきて、甘く鼻にかかった声が漏れ出た。

「あっ……私……これ以上は……」

「……その願いは叶えてやれない。まだ始まったばかりだろう？」

康熙は先ほどまでの穏やかな動きから一転して、大きく腰を引いたかと思うと、抜ける寸前まで来たところで、再び一気に雪梅を貫いた。

「やぁんっ……」

激しい動きに蜜が繋がった箇所から漏れ出る。

体を上下に揺さぶられると寝台が軋み、肉の楔が出し入れされる濡れた音に重なった。

ぐちゅぐちゅと聞くに堪えない音は耳から流し込まれる媚薬でもあった。

「あ……あっ」

耐え切れずに康熙の逞しい背に縋り付く。藤色の瞳は快感の涙に濡れていた。

「雪梅……耐えられるか」

康熙が汗に濡れた頬を拭い、涙を唇でそっと吸い取る。

「耐えられないなら、言え」

「いいえ、大丈夫、です……」

そう。私は一度死んだのだと雪梅は思う。康熙に抱かれることで少女としての自分は死んで、体の奥の痛みを知る大人の女になったのだと。

小刻みに震える手を伸ばして康熙の頬を包み込む。

「陛下と一つになれて……嬉しい」

黄金色の瞳の奥に煌めく情欲の炎がゆらりと揺れた。

「……なら、もうしない。いいな?」

「……はい」

熱を宿した声に応えてこくりと頷くと、康熙は先ほどまでの激しい交わりが嘘のように、雪梅の濡れた唇に優しく口付けた。

直後に、再び雪梅の両脇に腕をつき力を込める。

繋がる箇所を小刻みに揺さぶる。

「あっ……」

すっかり敏感になった隘路の内壁を探るように擦られ、喉の奥から繰り返し短く熱い時が吐き出された。

隘路がとろりと溶ける。

康熙は時に体位と角度を変え、緩急をつけて雪梅を翻弄した。

「ひっ……あっ……ああんっ」

片足を持ち上げられ、肩に乗せられぐっと押し込まれると、康熙の屹立がより深くまで届いてしまい、快感のあまりいやいやと首を横に振ってしまう。

「嫌なのか？」

「……っ」

そんなはずがないのに意地悪な問い掛けだった。

「嫌じゃ……あぁっ」

子壺へと通じる扉を小突かれ体が小刻みに震える。体内から熱く粘ついた蜜が、漏れ出るどころか滾々と湧いてきた。

「なら、そう言ってくれ」

「……っ」

康熙が答えを急かして動きを早く、激しくする。雪梅が感じるそこを何度も突き上げてくる。

「あっ……あんっ……やぁん」

――答えられるはずもなかった。

敏感な箇所と最奥を交互に突き上げられ、意識も肉体も快感に追い詰められていく。

「陛下……あああっ……」

内側からの摩擦熱で全身が今にも溶けてしまいそうだった。筋肉は弛緩し、繰り返された口付けと汗で濡れた唇もだらしなく開いている。

なのに、肉の楔でみっしり埋められた隘路だけは締まったままだ。

不意に康熙の形のいい眉根が寄せられる。眉間には汗に濡れた瑠璃色の髪が数筋張り付いていた。

「――雪梅」

直後にぐぐっと子壺へと続く扉をこじ開けるように奥を突かれる。

「ああぁっ……」

視界が白い光に覆われ、弾け飛んだ火花すら掻き消してしまう。それほど圧倒的な快感だった。

「……っ」

康熙に息も止まるほど強く抱き締められる。その間に体の奥で熱い飛沫が弾け、じわりと中に染み込んでいった。

「あ……」

先ほどまでは眩しくすらあった視界が、芝居の終わった舞台のように、次第に暗くなっていく。

その闇に意識も徐々に溶けていった。


――どこかで水の音が聞こえる。

「……ん」

雪梅は水が好きではなかった。美雪が通り魔に襲われ命を落とした、あの忌まわしい夜を思い出してしまう。

耳を塞ごうとして肩に肌寒さを覚える。なのに、前身頃部分は不思議としっとり温かい。

「……？」

首を傾げて瞼を開けぎょっとした。

瑠璃色の前髪が零れ落ちる、秀麗な美貌が目の前にあったからだ。

「へ、陛下⁉」

思わず起き上がろうとしたのだが、がっしり抱き締められていて動けない。

「あ、あの……」

ようやく昨夜の出来事を思い出す。

（そうだった……。私、陛下に抱かれて……）

抵抗を止めてすぐそばにある頬をそっと撫でる。

すると、閉ざされていた瞼が開かれ、少々眠たそうな黄金色の瞳があらわになった。

「あっ、申し訳ございません。起こしてしまいました」

「……いい。こちらに来い」

胸に深く包み込まれてしまう。

康熙の左胸からは規則正しい心臓の音がした。力強い鼓動に安堵を覚える。

（陛下に抱かれていると……安心する）

きっと守られていると感じられるからだろう。ずっと女一人で肩肘張って生きてきたので、こうした感覚も生まれて初めてだった。

「雪梅」

康煕が優しく後頭部を撫でてくれる。

「お前には妃となってほしい。お前をこの一夜限りの女にしたくはない」

一瞬、呼吸が止まった。

皇帝の妃になれと命じられる――一般的な焔の女ならばこの上ない栄誉に違いない。

だが、雪梅は違った。無礼を承知で口を開く。声が緊張で小刻みに震えた。

「私は……妃にはなれません」

意外な返事だったのだろう。康煕は「なぜだ?」と目を見開いた。

「私を好きではないのか」

「いいえ、好きです」

そうでもなければ身を任せられるものか。

「ですが、できません」

後宮の妃はその気になれば毎日衣装、宝飾品を替え、山海の珍味を味わい、贅沢三昧の暮らしを送れる。

しかし、それを羨ましいとは思えなかった。引き換えに奪われるものがあまりに大きい。

女によってはまったく必要としないものだが、雪梅にとっては絶対的に必要なものだった。

「妃になれば二度と後宮から出られません……」

下女も、宮女も、後宮の女には違いないが、身分がないためにある意味自由である。年に二度里帰りはできるし、申請すれば外出も許可される。

一方で、位の高い妃たちは不義密通を防ぐためなのだろう。一旦後宮入りすると二度と出られないことがほとんどだった。

後宮に妃が数百人いた時代には、皇帝に一度も顧みられることなく、老いて死ぬまで無為にただ食べて、寝て、死んだ——そうした一生を送った妃も多かったのだという。

それくらいなら、まだ一夜の遊び相手で終わる方がよかった。自分の足で人生を歩いて行きたかった。

雪梅のような女は初めてだったのだろう。康熙は血を吐くような訴えを、目を見開いて聞いていた。

「自由が奪われるだけではございません。私は……」

むしろ、そちらの方が理由としては大きいかもしれない。

「大勢の女の一人になるのは嫌なのです」

やがて飽きられ、捨てられ、死んでしまい、後宮に骨を埋められて朽ちる。個を認識されない人生を人生を呼べるのだろうか。

焔国の後宮の女はそうした人生が定めなのだと言われても、自由を知る美雪の記憶がある以上受け入れられるはずがない。

目をかたく閉じもう一度繰り返す。

「どうか、そのようなことはおっしゃらないでください。私は一宮女のまま生きていきたいのです……」

◆◇◆◇◆

「ああ〜、退屈じゃのう」

――後宮は朱雀宮の応接間。

河淑妃こと鈴麗は窓辺に肘をつき、暮れゆく西の空を眺めていた。

本格的な冬も間近だからか、近頃は肌寒いを通り越してもはや寒い。外から吹き込む冷たい風が鈴麗の赤毛のお団子二つを軽く揺らした。

しかし、子どもは風の子、鈴麗はまだ子ども。先ほど代理の宮女とともに宮后苑でしっかり遊んだので、体はむしろ火照って寒風が心地いいほどだった。

それはともかくとして、最近雪梅の顔を見ていない。シメサギョウとやらで忙しいのは知っているが、母の面影のある彼女に会えないのは寂しかった。

雪梅に会いたい理由はそれだけではなかった。

（だって……来年には珀国へ帰らねばならんのじゃ）

一ヶ月前、母国で王位に就いていた叔父が臣下の謀反により討たれ、正統な後継者である鈴麗に帰国の要請があった。皆鈴麗の即位を切望しているとも。

康熙と宮廷はその旨を承諾し、年明けを待って公式に発表されることになっている。

（女王に即位すればなかなかこちらへは来られぬだろうし……）

お忍びで遊びに来るにしても、一介の宮女に会うためになど無理だろう。

つまり、雪梅との別れの時が迫っている。だから、なるべく長く一緒に過ごしたかった。

（おかしいのう。後宮に来たばかりの頃には、いつも帰りたい、帰りたいとばかり考えていたというのに）

故郷や居場所とは、土地そのものというよりは、人と人との関わりの中にあるのかもしれないと思う。

雪梅と過ごす間に鈴麗は心身ともに成長し、心は子どもから大人への階段を上る少女のものになろうとしていた。

「む、なんだか寂しくて胸が痛いぞ。……なんじゃこの気持ちは」

きっと腹が減っているからに違いないと頷く。気を取り直して月餅をおやつに食べようとしたところで、応接間に泡を食った顔の宮女が駆け込んできた。

「しゅっ……淑妃様、皇帝陛下がおなりです」

「なんじゃと？」

まさか、これが噂のお渡りかと目を剥いたが、そんなはずはないと首を傾げる。

（だって、陛下はろりこんではないはずじゃろ？）

また、皇帝が妃――特に側室でもっとも身分の高い、四夫人と寝所をともにするには、様々な手続きが必要だと聞いたことがあった。遅くとも当日の日中には連絡が来るとも。

それらが一切なかったということは、個人的な訪問なのだろう。

「一体何を考えておるんじゃ……」

訝しんだもののさすがに追い返すわけにもいかない。

「お通しするのじゃ」

恐らく初めて朱雀宮を訪れた康熙は、山吹色の袍と袴を身に纏っていた。

黄金色の切れ長の目によく似合っている。結い上げられた瑠璃色の髪の深い色が引き立っていた。

なお、金と見紛う山吹色――鮮やかな赤みがかった黄色は焔では皇帝の色とされ、皇帝以外の使用を許されていない。

（ということは、個人的な訪問ではあるが、皇帝としてわらわに何か言いたいことがあるんじゃな）

恐らく珀国との今後の外交についてだろうか。

鈴麗は康熙が椅子に腰を下ろしたのを確認し、左手の拳を右手で包み、そのまま両手を左の腰に当て、膝をわずかに曲げて頭を下げた。

「陛下、お久しぶりでございます。お元気でしたか」

「ああ、お前はどうだ」

「はい、おかげさまで快適に過ごしております」

チラリと康熙の背後を見る。

相変わらず眩い青銀に輝く巨大な龍がとぐろを巻き、康熙を守るように絡み付いていた。鈴麗などの霊力のある者にしか見えない天運の定めの龍だ。

（やっぱりこの方は苦手じゃのう）

生まれながらの皇帝にしか従わない守護神獣も、神々しくはあるものの友好的ではなく、康熙本人も常時冷徹で厳格である。

鈴麗は話し掛けにくい、そんな雰囲気が苦手だったのだが――恐る恐る康熙の顔に目を向け、その変わりように首を傾げた。

（なんだか……優しそうになっておる？）

以前は冷徹だった眼差しが柔らかに、厳格な佇まいも穏やかになっている。

（なんだ。何があったのじゃ？）

狐につままれた心境で茶と月餅を勧めると、なんと「おや、美味《うま》そうだな」と月餅を口にした。

「うむ、いける。今夜は酒が飲めなくなりそうだ」

(いやいやいや！　あり得ぬ！)

以前は甘いものが嫌いなのか、一瞥しただけで残したのに。

(この方はまことに陛下か？　中の人が違っていないか？)

鈴麗の疑惑の目に気付いたのだろう。康熙は「雪梅がこの菓子が好きなのだ」と微笑んだ。

「食べてみるとなかなか美味い」

「……」

ああ、そうかと納得する。

(雪梅に……出会ったのじゃな)

雪梅は柔らかな藤色の鳳凰に守護されている。雪梅と同じ優しく強い眼差しの、包み込むように羽を広げた鳳凰だ。

鳳凰とは生まれながらの皇后の象徴であり守護神獣。一目見た瞬間に彼女こそが康熙の伴侶なのだとわかった。

鈴麗がその気になれば康熙に鈴麗との運命を告げ、すぐに二人を出会わせることもできた。そうしなかったのは雪梅を独り占めできなくなるからだ。

(悪あがきじゃったのう……)

またひどく寂しくなってしまい、つい向かいの康熙を恨めしげに睨み付けてしまう。自然と口調もぶっきらぼうなものになった。

「で、皇帝陛下、わらわに何用じゃ。珀国のことかの？」

「いいや、違う。……ここから先は淑妃としてではなく、一国の国主同士としての話し合いにしたい」

「なんと⁉」

康熙は腰を上げると、拱手の姿勢を取り、軽く頭を下げた。

予想外どころではなかった。

「へ、陛下⁉　何をされておる⁉」

一国の皇帝が、それも大焔帝国の皇帝が、小国の国主に敬意を表するなど。

驚きのあまりわたわたしてしまう。

「顔を上げてたもれ！　逆に怖いではないか！」

それでも康熙は頭を上げようとはしなかった。

「お前に頼みがある。雪梅の後ろ盾となってくれぬか」

「なぬ？」

どういうことだと眉を顰める。

康熙は鈴麗を子ども扱いしなかった。同格に立つ者として、敬意すら払って同じ目線で語る。

「――私は、雪梅を皇后にする」

つもりだとすら言わなかった。すでに康熙の中では確定事項なのだろう。

「雪梅は……大勢の女の一人になるのは嫌だと言い切った。自由……自分の意思で人生を決める権利が失われることも」

宮女であれば年に数度の里帰りも許されているし、皇帝の許可さえ取れれば他の男性と結婚もできる。

一方、妃はそうはいかない。よほどのことがない限り、生涯後宮に閉じ込められることになる。

だが、皇后は違った。

後宮には古より数多の妃が集められているが所詮は側室。公には皇帝の伴侶は皇后一人だとされている。それほど皇后である意味は大きい。

同時に、皇后にはいざ皇帝に万が一のことがあった際、次代の皇帝が立てられるまでその代理となるよう求められる。数百年前には幼い皇帝の摂政となった場合もあった。

それだけに、強い権力を与えられ、後宮の女で唯一自由に禁城と外を行き来できる存在なのだ。

「雪梅を私の手のうちに留めておくには皇后にするしかない」

また、もはや雪梅以外考えられないのだとも康熙は語った。

「だが、雪梅は貴族ですらない」

鈴麗はそういえば雪梅は貧民出身だと聞いたことがあった。その日の糧も得られない日もあったとも。恐らく、あの気の強さと才気で乗り切ってきたのだろう。

康熙は話を続けた。

「前例がほとんどないだけに、宮女から妃にするにも反発があるだろう。だが、珀国の後ろ盾があれば違う」

康熙は雪梅と鈴麗の顔立ちが、どことなく似ていると気付いたと告げた。

「偶然でもなんでもいい。それを利用したい」

黄金色の眼差しは強い意志に輝いていた。

「……」

鈴麗はまじまじと康熙を見つめた。是が非でも雪梅を伴侶にするとの意志を感じ取ったからだけではない。鈴麗にとっても康熙の提案はまさしく名案だったのだ。

「……雪梅をわらわの遠縁ということにすればよいのじゃな？」

「ああ。そうしてもらいたい」

珀国が雪梅の後ろ盾となれば、雪梅が貴妃になろうと、皇后になろうとなんの問題もなくなる。

何せ小国とはいえ王族の親族なのだ。

珀国にとっても大焔帝国の皇帝の外戚になれるだけではない。将来生まれるであろう公子、公王、皇太子は珀国の血を引いているということになる。

「素晴らしい……」

しかし、鈴麗にとって重要なのは国益ではなかった。

（雪梅を我が一族とすれば、また会いに来れるではないか！）

堂々と外遊に来る口実になる。また一緒に虫取りをして、おやつを頬張って、可愛いリボンを髪に結び合って――。

そうと決まれば思い立ったが吉日。

鈴麗は月餅を口に詰め込み、茶で飲み下すとすっくと立ち上がり、腰に手を当て高らかに宣言した。

「陛下、あいわかった！　雪梅はたった今から曽お祖母様の、娘の、そのまた娘じゃ！」

曽祖母には祖母を含めて娘が十二人おり、娘たちもそれぞれまた子だくさんである。雪梅が一人加わったところで、たいして怪しまれないので好都合だった。

「とはいえ、反発は絶対にあろう。それくらいは頑張ってたもれ」

「……感謝する」

康熙は再び例の姿勢を取った。

「やめてたもれ！　陛下に頭を下げられると怖いんじゃ！」

今度はなんとくすくすと笑い出したので仰天する。

（なんじゃ、なんじゃ、笑ったぞ。それになんじゃ、この笑顔は！　怖い！　キモい！）

ぞぞぞと背筋に震えが走って鳥肌が立った。

康熙はそんな鈴麗がおかしかったらしい。笑い声がますます大きくなった。

「お前がそうも喜んだり、慌てたりするところは初めて見たな」

「それはこちらのセリフじゃ！」

――こうして雪梅が知らぬ間に事はどんどん進められていった。

◆◇◆◇◆

雪梅が康熙に話があると宮后苑に呼び出されたのは、決算の締め日から数日経ってからのことだった。

久々に康熙に会えるというのに、以前のようにときめく気持ちはない。

何せ閨で妃になるのを断ってしまったのだ。気まずくないはずがなかった。

康熙のために髪を結い上げ、唇に紅を引きながら思う。

（ここを出て行けと言われるのかしら）

康熙はそんな男ではないと信じているが、それでも仕方がないと溜め息を吐く。

そもそも宮女風情が皇帝の求愛を断るなどあり得ないのだから。

待ち合わせ場所は二十四亭。

その日東陽には今年初めての雪が降っていた。淡く降り積もる雪に子どもたちは喜ぶ一方、大人たちはまた厳しい冬が来て、薪の消費量が増えて金がかかると嘆く季節だ。

だが、そんな都の喧噪も後宮には無縁だった。

今日は休日なのでほとんどの妃や宮女たちは自室に籠もり、それぞれ仲良しとのお喋りや将棋、疲れを取ろうと睡眠に励んでいる。

底冷えがするからか誰も外に出ていなかった。

雪梅が遅れぬよう十分前に向かうと、康熙はもう長椅子の一つに腰を下ろしていた。

「もっ、申し訳ございません！　お待たせしてしまいまして！」

「ああ、気にするな。私が早く来たかっただけだ」

自分を待ちかねていたのかと思うと胸がきゅんとする。

「行くか」

康熙は腰を上げて雪梅の手を取った。

宮后苑は広い。

後宮からそう簡単に出られぬ女たちの心を慰めるためなのだろうか。

木々や花々だけではなく、人工湖やゆったり泳ぐ色とりどりの鯉、それにかけられた橋など、見飽きぬよう様々な創意工夫がなされている。

特に鏡明湖《きょうめいこ》と呼ばれる人工湖は妃にも宮女にも人気だった。

春の終わりには散った花弁で五色に染まり、夏には純白や薄紅色の睡蓮が音もなく開く。秋には枯れ葉で赤に、黄に彩られ、冬には氷が張った水面を覗き込むと、鏡のような効果を楽しむことができた。

しかし、雪梅はよく鈴麗と宮后苑に遊びに来ていたものの、一度もこの鏡明湖に近付いたことはなかった。

鈴麗の目当ては虫、花、落ち葉で、鏡明湖には興味を示さないのもあったが、雪梅本人にも――鏡明湖というよりは水には近付きたくない理由があったのだ。

ところが、康熙はよりによってその人工湖に向かった。断わることなどできなかった。

「へ、陛下は鏡明湖がお好きなのですか？」

「宮后苑では一番好きかもしれぬ」

まだ寒さが足りないのか凍り付いてはいなかったが、水面が空から音もなく降る淡雪を映し出している。周囲には魔除けになると言われているしだれ柳が植えられ、雪の白が背景となった薄墨色の枯れ枝が水墨画を思わせる幽玄の世界を生み出していた。

「綺麗……」

前世で美雪が死んだ日もこうして雪が降っていたのだろうか。

胸を刺され、川に転落した水の冷たさを思い出し、背筋がゾクリと震えた。

「どうした、雪梅。寒いのか」

「いいえ、大丈夫です。今日は重ね着をしてきましたから」

「だが、顔色が悪い気が……」

康熙は雪梅の髪に掛かった淡雪を払ってくれた。

「いいえ、お構いなく。参りましょう」

鏡明湖のほとりには恭歩亭《きょうほてい》と呼ばれる朱塗りの東屋が設けられ、湖を横切る屋根付橋に続いている。濡れずに鏡明湖を眺められる造りだった。

一ヶ月前、水で痛んだ部分を修繕した際、康熙が楽しめるようにと、宦官の提案で増築されていたのだ。

康熙と雪梅は二人、屋根付橋の先端へ向かった。

「陛下、お話とはなんでしょう」

康熙は黄金色の瞳を雪梅に向けた。

「お前を妃にする件だが、白紙に戻すことにした。それゆえ、安心するといい」

「そう、ですか……」

ほっとするのと同時に、身勝手だとは思うものの、心のどこかで残念に感じる気持ちもあった。

もう二度と康熙に女として扱われることはないのだろう。

それでも、人生を手放すわけにはいかなかった。

たとえ飢えや寒さの不安がなかろうと、籠の鳥として一生を過ごすなど、耐えられそうになかったのだ。きっと自分が自分でいられなくなる。

「申し訳ございません。……そして、ありがとうございます」

康熙は皇帝なのだ。その気になれば権力で宮女の意思などねじ伏せ、いくらでも望み通りにできたはずだ。

だが、そうしようとはしなかった。

その心の広さにますます惹かれてしまうのが皮肉だった。

「今後も一宮女として心を込めてお仕えいたします」

康熙は手すりに手を掛け、鏡明湖に目を向けた。

「……いいや、お前にはすでに別の仕事を用意してある」

「えっ、異動ですか？」

できれば司簿に勤めていたいのだが。

「いいや、違う」

意志の強さが光となって黄金色の瞳の中で瞬いている。

「私は、お前を──」

康熙が雪梅の手にみずからのそれを重ねる。

次の瞬間、メキメキと木が軋む音がした。

「えっ……」

どこからする音だと辺りを見回す。

自分の足下からだと気付くのと同時に、手すりが分解し、木の棒となって水の中に次々と落ちた。

「……えっ」

体重を掛けていたからだろう。

雪梅は体のバランスを崩し、そのまま崩壊した木材とともに鏡明湖に落下した。

「雪梅！」

康熙が手を伸ばしたが一歩遅かった。

水面に体が叩き付けられる。衝撃で数秒意識が遠のいたが、すぐに水の冷たさに我に返った。

（い……や！）

雪梅は広く、深く、水のあるところが幼い頃から苦手で、前世の記憶を思い出してからようやくその理由がわかった。

美雪は通り魔に刺され、その後川に転落して溺死している。その感覚があまりにも生々しかったからだ。

（冷たい……！　苦しい……！）

今日は底冷えがする上に雪が降ったので、婉児に借りた外套を重ねて着ていたのが災いした。

水を吸った衣服が体に纏わり付き身動きができない。そもそも、動けたところで泳げないのでどうにもならない。

（……！）

死に物狂いで手を伸ばしたが、その間にも体はどんどん沈んでいく。

鏡明湖は人工湖だが場所によっては大人の男二人分の深さがあった。小柄な雪梅では水底に足がついても絶望的だ。

空気を求めて水を飲み込んでしまう。なのに、吐き出した息が泡になって上っていく。

（いや……！　死にたくない……！）

美雪もまだ死にたくはなかった。

もう一度ピアノを弾きたかったし、弟、妹の行く末を見守りたかった。

そんなささやかな願いすら抱いてはいけなかったのか――雪梅が絶望し、身も心も冷たい死の世界に引きずり込まれそうになったその時のことだった。

何者かに手首を掴まれぐいと抱き寄せられる。名も呼ばれた気がしたが、耳にも水が入り込んでろくに音が聞こえなかった。

そのまま広く温かい何かに包み込まれ、力ずくで水面まで引き上げられる。

「……っ！」

冬の刺すように冷たい空気が水に濡れた肌を刺した。体が反射的に、肺に入り込んだ水を吐き出そうとして噎せ返る。

「……っ」

雪梅は混乱し、動揺し、現状を把握できずにもがいた。

「いや……水は嫌……！　助けて……！　死にたくない……！」

「雪梅、しっかりしろ。ここは地上だ」

「……いやあっ！」

不意に体を起こされ抱き締められる。

「雪梅、もう大丈夫だ」

「……本当に？」

「ああ、本当だ」

「……」

もうすっかり聞き慣れた重低音の優しい声に、ようやくほっとし、体の力を抜いた。

「雪梅……雪梅⁉」

同時に、気力を失ったのだろう。意識が次第に遠のいていき、やがてすべての感覚が闇に閉ざされた。


――美雪は真っ暗闇の中を一人歩いていた。

ここはどこだろう。随分長くこうしている気がするが、いつからなのかはもう忘れてしまった。

とにかく、光を見たかった。

しかし、はて、光とはなんだったかと、立ち止まって首を傾げる。ずっと求めていたはずなのに思い出せない。

その時、はるか彼方の闇に鳥が一羽飛んでいるのを見つけた。

翻る長い尾羽と淡い藤色の翼の、空を覆わんばかりの巨大な鳥だ。しかも、細かな光を淡雪のように降らせている。

だが、不思議と恐ろしいとは感じなかった。

『待って……』

あの鳥の後を追えば、この終わりのない暗闇から抜け出せる気がした。

夢も、希望も、未来も、すべてこの先にある——なぜか確信があった。

そして、なんの躊躇いもなく鳥とともに光の世界に飛び込んだのだ。


「……？」

視界がぼんやりしているだけではなく、どうもぐらぐら揺れている。

雪梅はここは一体どこなのだろうと首を傾げた。

目を凝らして確かめたのだが、見覚えのない天蓋である。

山吹色の絹地に銀糸で龍が刺繍されており、後宮のどこにも見かけない柄だった。

(ううん、ちょっと待って。ここって、御紫亭の陛下専用の寝室じゃ……)

ぎょっとして起き上がろうとしたのだが、力が入らず再び寝込んでしまう。体が火照っている上に関節が痛んで動くどころではなかった。

やっとの思いで確認すると、寝間着の袍と袙服を着ている。

（私、どうしてしまったの……？）

意識朦朧としながらも記憶を手繰り寄せ、ようやく鏡明湖に落ちたことを思い出した。

（そうだった……。いきなり手すりが壊れて……）

つい最近修繕し、改築したばかりだと聞いていたので不思議だった。

（私、助かったの？）

力強い腕に引き寄せられたのは覚えていた。

（誰かが飛び込んで、助けてくれたのよね）

一体誰がと首を傾げたものの、熱でうまく脳が働かない。疲れもあり再び瞼を閉じると、また眠りの波がやって来た。

（眠りたく、ないのに……）

またあの真っ暗闇の世界に戻らなければならないのかと思うと身が竦んだ。

「……お母さん」

呼び掛けに応えるかのように、「雪梅？」と名を呼ばれた。

だが、母のものではなく男の声だ。なのに、その重低音にほっと心が安らぐ。

「雪梅、今起きていたか？」

「……」

声を出す気力もなく唇だけを動かすと、額に温かい何かが乗せられた。

「熱は昨夜よりは下がったようだな」

大きな手の平とかたい指先が優しく汗を拭う。

「ゆっくり眠るといい」

母と同じくらい優しい手だった。ずっと触れていてほしいと願うような――。

目を開いてその人の瞳を見たいと思うのに、疲労と眠気がそれを許してくれない。

雪梅は再び夢に引きずり込まれたが、次はあの暗闇に閉ざされた世界ではなかった。

いくつもの記憶の断片――懐かしい思い出が、映画のワンシーンのように切り替わる。思い出には雪梅のものもあれば美雪のものもあった。

まだ雪梅の母が元気で父の屋敷で暮らしていた頃、髪に結んでもらった瞳と同じ色のリボン。小学生の美雪がピアノのコンクールで初めて取った賞。阿白と一緒に食べた鶏肉入りの粟粥に、家族皆に笑顔で祝福された高校合格。

前世か今生かは違っていたが、どちらも二度と戻ってこない、幸福な時間ばかりだった。

胸が切なく痛み、頬に熱い何かが零れ落ちる。

泣きながら目を覚ますと、康熙が寝台近くに椅子を寄せ、手を握ってこちらを見ていた。

「……陛下？」

随分長い時間眠っていた気がした。

康熙が安堵したかのようにほっと息を吐く。

「気分はどうだ」

「は……い。大丈夫です。あの、ここは……」

「御紫亭だ」

やはり皇帝専用の寝室だった。

「も、申し訳ございません。恐れ多いことを」

御紫亭の皇帝専用の寝室は皇帝と皇后、あるいは四夫人でも貴妃以外の立ち入りを禁じられている。

つまり、皇帝の伴侶、あるいはその候補でなければならないということだ。貴妃どころか無品の宮女が立ち入っていいはずもなかった。

ところが、康熙は首を振って半ば強引に雪梅を寝台に寝かせてしまった。

「お前は病み上がりだ。熱は下がったがまだ平熱ではない」

康熙は鏡明湖で何があったのかを教えてくれた。

恭歩亭の手すりが体重の掛かったせいで壊れ、雪梅が冬の湖に落下したこと。すぐさま康熙が飛び込んで助け出したこと。幸い、溺死には至らなかったが、体が冷えたことで風邪を引いてしまったこと。

すぐさま宮廷医官に治療に当たらせたので、もう二、三日もすれば全快するだろうとのことだった。

「きゅ、宮廷医官を呼んだのですか？」

宮廷医官でも、皇帝の玉体に触れることのある高位の医官は、皇帝、皇后、あるいは皇后候補の貴妃を治療するためだけに存在する医師である。

御紫亭の寝室だけではなく、宮廷医官まで引きずり出すとはと焦った。

「ほ、本当に申し訳ございません……」

康熙の評判を落とすことにならないかと心配だった。

後宮は伝統やしきたりにうるさい。自分だけならいいが、康熙に迷惑を掛けたくはなかったのだ。

「命だ。よいから気にせず横になっていろ」

「……」

「いや、気にするなというのはお前には難しいか？」

子どもの頃の夢を見たせいか、精神が逆行し、ちょっと拗ねて掛け布を頭まで被る。

「雪梅？」

「……陛下はずるいです」

命だと言われると逆らえない。康熙の命はいつも他愛ないもので、口調からも言葉の意味とは裏腹に、強制ではないことを感じ取れるのに。

康熙はくすくす笑いながら掛け布越しに雪梅の頭を撫でた。

「今宵のお前は子どものようだな」

大きく温かい手と重低音の声からは思いやりが感じ取れた。

あなたが優しすぎるからいけない――そう口走りそうになり慌てて口を押える。

(私ったら、いくらちょっと風邪を引いたからって、陛下に甘えるだなんて……)

夢の中で久々に会えた二人の母を思い出す。どちらももうこの世にない人だけになおさら懐かしかった。

お母さん、ごめんなさいと謝りつつ言い訳を口にする。

「夢に母が出てきたからかもしれません……」

「そう言えば、お母さんと寝言を言っていたな」

「えっ……」

熱に浮かされていたからだろうか。

他に何を口走ったのかと気になった。

「何やらぴあのだの、すまほだの、れいぞうこだの」

「……」

風邪のせいではなく、背筋から冷や汗が流れ落ちた。

「それだけではない。焔でもなければ、胡の国でも、東方でも、西方でも、南方でも、北方のものでもない。一度も聞いたことのない、奇妙な言葉で話していた」

康熙は焔の強さ、広さ、先進性に驕らず、少数民族や夷狄《いてき》の言語にも明るいと聞いたことがある。

それゆえ、この世界のどの言語体系にも属しない、日本語の異質性にすぐに気付いたのだろう。

「お前は都で生まれ育ったと聞いた。あのような言語をどこで覚えた？」

かたく瞼を閉じ掛け布を握り締める。

「以前演奏した音楽といい、一体お前はどこでそのような知識を得た。……一体どこから来た？」

康熙は掛け布に包まり震える雪梅に気付いたのだろう。皇帝にあろうことか「……すまない」と謝った。

「責めているわけではない。ただ……お前には手を伸ばしても決して届かぬ領域がある気がしてならぬ」

それがどうにも寂しいのだと。

康熙は深い溜め息を吐いた。

「私は、弱い男だ」

愛する者の謎を謎のままにしておけない。すべてを知らなければ不安になるのだと。

康熙が初めて見せた人としての弱さに雪梅の心がぐらりと揺れた。

（どうしよう……）

激しく葛藤する。

どう誤魔化しても見破られそうな気がしてならなかった。

「私は……」

焔の宗教に輪廻転生の概念はない。頭がおかしくなったのかと思われたらどうしようと。

(ううん、違う。陛下はそんな方じゃない)

恐怖を押し殺して掛け布の中から顔を出す。

「雪梅?」

(……私の知る陛下を、信じてみよう)

覚悟を決めたものの、やはり声が震えた。

「……私が今から語ることは、すべて夢の中の出来事だと考えてください」

ふと、雪梅は人生とはそもそも夢のようなものかもしれないと感じた。今こうして生きている人生も、呆気なく終わった美雪の人生も。それでも、本人たちにとっては掛け替えのない夢だったのだ。

「昔々……いいえ、一日前なのかもしれません。数百年前かもしれません。遠いのか、近いのかもわからない。ある国にある女がいました。どこにでもいるような平凡な女です」

美雪の家族のこと、生まれ育った街のこと。幼稚園から高校まで取り組んだピアノと就職してからのこと。弟妹たちの成長と、二人が巣立ったあと何をしようかとワクワクしていたこと。

ここまで語って、そうか、美雪は幸福だったのかと噛み締める。

いいことも、嫌なことも、嬉しいことも、悲しいこともあったが、今はすべてが懐かしかった。

弟や妹は今頃どうしているだろうか。きっと自分がいなくても幸福に暮らしていると信じたかった。もう遠くから祈ることしかできないのが切ない。

話が終わって寝室に沈黙が落ちる。

康熙はやがて小さく頷いた。

「不思議なこともあるものだな」

「信じて……くださるのですか？」

「ああ、もちろんだ。……勇気が要っただろうに。打ち明けてくれて感謝する」

以前から雪梅には、いくら苦労してきたとはいえ、十八歳とは思えぬ能力や分別があったので、違和感を覚えていたのだと語った。

「私は美雪に感謝しなければならないな。おかげで雪梅に出会えたのだから」

その一言に涙が目の奥から込み上げてきた。二人分の記憶ごと受け入れられた気がしたからだ。

康熙は雪梅の乱れた前髪を直し、敷布に流れ落ちた黒髪を手に掬い取った。

「では、私の話も夢だと思って聞いてくれ」

「陛下……？」

それまで誰にも打ち明けたことのない、ありのままの心を語る。

「もう知っているだろうが、私の母は位の低い妃だった。出身家は弱小貴族で、外戚になる力もなかったほどだ」

ところが、康熙の母親は若く美しく、当時の皇后――聖明の母親とは対照的な女だった。控えめで、物静か。

「一方、廃された皇后は名門出身ゆえに気位が高かったそうだ」

なお、劉氏は前の皇帝の時代から何人もの官吏を輩出し、政治の実権を握っており、前皇帝はそれが不満だった。

ところが、康熙が生まれたことで情勢が変わる。

康熙は弱小貴族の側室腹とはいえ長男であり、しかも、珀国女王に皇帝になる天運があると預言された公子だった。

劉氏に反感を持つ者たちは皆康熙を錦の御旗とし、宮廷から劉氏の排除を狙ったのである。それは、前皇帝も同様だった。

ところが一年後、皇后にも公子が誕生したことで宮廷は再び混乱することになる。

皇后に公子がなく、今後も生む可能性がない場合には、その時々の情勢を考慮して、側室の生んだ公子を立太子する。

しかし、皇后が公子を生んだ場合には、問答無用でその子を皇太子とするというしきたりがあったからだ。

しきたりとはそれなりに合理性があって、長い年月をかけて決まった律令のようなものだ。

前皇帝はさすがにしきたりを無視することはできなかった。

だが、劉氏から実権を取り戻す意志が折れたわけではなかった。

康熙の目がふと遠いものになる。

「父上はむしろ、これはいい機会だと捉えたらしい」

一族から皇太子を出した劉氏は宮廷で増長し、自分たちこそが皇帝だと言わんばかりの振る舞いをするように。

当然反発は大きくなり、劉氏はその反発を抑えようとして圧力をかけ、ますます反発を受けることになった。

そして、あの日の政変が勃発した。

劉氏に仕えていた召使いが主人を裏切り、劉氏の当主と皇后が康熙の母である王貴妃と康熙を、自分たちを脅かす存在として暗殺しようとしている――その証拠を握ったと皇帝に密告したのだ。

少なくとも、公式文書にはそう記録されている。

「公式文書には……?」

雪梅はその言い回しに不穏なものを感じ取った。

「私は、廃妃となった皇后に何度か会ったことがある。幼かった頃の聖明にも」

公子は十二歳になるまでは後宮の母親のもとで育てられる。だから、日常で出くわすことも多かったのだと。

廃妃はとても他の妃の子を殺そうと企むような、そんな女には見えなかったのだという。

「ほっそりとして儚げで、寂しげな目をした人だった。聖明も……まだ何も知らなかった幼い頃には、互いにいい遊び相手だったと思う。……いや、親友だった」

女が春、夏、秋、冬に大別されるのだとすれば、彼女は冬に近い秋を連想させた。そして、聖明はそんな母をいつも励まそうとしているように見えた。

だが、康熙と聖明の父親の前皇帝は、ろくな検証をすることもなく劉氏を粛清し、前皇后をも冷宮に送り込み廃妃とした。

「私には、父がその機会を待ち望んでいたように思えてならなかった……。父にとっては私と母すら皇帝に実権を取り戻すための道具に過ぎなかったのではないか?」

そう思うと血を分けた父が恐ろしくなったのだと。

「人を統べるためには、誰かの血を流さなければならないのかと、ずっとおのれに問うてきた」

そして、結論を出したのだという。

「流す血はより少ない方が、いっそない方がいい」

綺麗事だと言われるに違いない。それでも、志があるのとないのとでは、国の在り方がまったく違ったものになるだろうと。

「血を流す何倍も、何十倍も険しい道となるだろう。それでも、私はそうした国を目指したい」

自分が実現できなくとも、次の代、また次の代にそうした信念を受け継いでほしいと。

「だが、一人ではその信念を貫くにはあまりに厳しい」

帝王の座につき、初めて思い知ったことがある——康熙は言葉を続けた。

「皇帝は……孤独だ」

唯一絶対の存在だと崇拝されることは、男にとっては夢なのだろうが、同時に、対等な立場の者を失うことを意味する。

誰もが自分を引きずり落とそうと虎視眈々と狙うか、おこぼれを狙って媚びているようにしか見えなくなる。無償の献身を信じられなくなる。

「……猜疑心《さいぎしん》に苛まれ、縋り付くものがほしくなる。縋り付くものが……不信感になることすらある。確かにそうした方が楽だ」

帝位についてやっと父がなぜ、劉一族を粛清したのか理解できたのだと言う。

「父上も、帝位というこの魔物に狂わされたのだろうな……」

康熙は「雪梅」と名を呼んだ。そっと手を取り指と指を絡める。

「なぜお前に惹かれるのか、鳳凰がお前を選んだのか、やっとわかった気がする」

この世の理を知りながら縛られることがない。そうした魂を必要としていたのだろうと。

「この国には……私にはお前が必要なのだ。生涯皇帝でなければならない私には」

「陛下……」

黄金色の瞳が雪梅を捉える。

「私とともにこの地獄を生き抜いてはくれないか」

ただ愛され、子を産むだけの存在ではない。自分の隣に並び立つ者として、雪梅がほしいのだと康熙は言った。

古今東西、愛の告白には様々な言葉がある。「一生お守りします」、「僕のために味噌汁を作ってくれ」、「君だけを生涯愛すると誓う」――。

康熙の求婚に甘さはほとんどなかった。むしろ、民が流す血に代わって、これから彼が流す心の血が滲んでいるように思えた。

だからこそ、雪梅は嬉しかった。

前世で「この人といれば幸せになれる」よりも、「この人となら不幸になっても構わない」――そう思える人と結婚しなさいと聞いたことがある。

(陛下となら……きっとどこでも生きていける)

天国だろうと、地獄の底だろうと変わりなく。

だから、微笑んで康熙の手を握り締めた。

「ええ、陛下、もちろんです」

藤色の瞳が喜びで潤む。

「ありがとうございます。私を道連れにしてくれて」

「雪梅……」

康熙は腰を屈め、雪梅の手にみずからの額を押し当てた。

「……感謝する」

康熙の体温を感じながら、雪梅はこれからは康熙のためだけに咲く梅の花でありたいと願った。

どれほど冷たい雪の中であろうと、力強く美しく——。

第五章「宮女から皇后になった件」

康熙との契りから数ヶ月後、雪梅は珀国の王族だと認知を受け、宮女から妃の一人——中でも側室では最高位にある貴妃に立てられた。

宮女から妃に立てられた前例はあるが、いきなり貴妃となった記録はない。

つまり、この人事には明確な意図があると誰もが察した。

——慮貴妃はいずれ皇后に立つ。それも、ごく近い将来に。

妃を三十人しか持たず、しかもいまだに皇后が不在。そうした中で雪梅が今まで空位だった貴妃の座についたのだ。

その日から雪梅の暮らしはがらりと変わった。

まず、住まいが宮女の宿舎から東側にある青龍宮《せいりゅうぐう》に移動。鈴麗推薦の宮女がつけられることになった。

使用人から妃へと昇格した雪梅は、突然高貴な身分となったことに戸惑った。

早速祝いに訪れた鈴麗と窓辺近くで肉包《ロオパオ》を頬張りながら心情を語る。まだ寒い季節に食べる焔国風肉まんは絶品だった。

「私が貴妃だなんて変な気分です」

「四夫人になったくらいで慄いていてどうする。いずれは皇后になる身であろう？」

「う～ん、私が皇后ですか。全然実感がありません」

康熙の妻になるとは思うのだが。

「でも、なるからにはやりますよ」

プレッシャーはあるもののワクワクした気持ちもあった。何せ、皇后となれば国家財政の記録を読むこともできるのだから。

「鈴麗様は冊立の式典まではいらっしゃるのでしょうか？」

「ああ、もちろんじゃ」

雪梅が皇后に冊立されるのは今年六月。なんでも、三の倍数の月、日に執り行う必要があるのだという。

また、この日は妃たちも後宮から出て、冊立の式典の執り行われる宮殿、太和殿《たいわでん》に出入りすることができた。

「楽しみじゃのう。お前の鳳凰も陛下の青龍もさぞお喜びになるだろう」

雪梅はそうですねと笑いながら、久々に後宮の外に出られると心ときめかせていた。

皇后冊立の式典の執り行われる太和殿は皇后のみならず、皇帝の即位や立太子の式典にも使用され、禁城の中央に位置しており建築物としてももっとも規模が大きい。

反り返った橙色の瓦屋根は整然と乱れ一つなく並べられており、庇の下を飾る錦には金糸、銀糸で龍と鳳凰が交互に刺繍されていた。

一歩足を踏み入れると、まず等間隔に並ぶ支柱に圧倒される。樹齢百年は軽く超えた大木が惜しげもなく使用され、焔国の歴史と伝統の重みを感じさせた。天井や梁、壁にはすべて青龍の鱗や白虎の毛皮、朱雀の羽や玄武の甲羅を意匠化した、吉祥模様の彫刻が施され、貴重な五色の染料で色付けされている。

中央奥には階段が設けられ、その頂上に朱塗りに黄金の象嵌された玉座が二脚、据え付けられている。中央に皇帝、左が皇后、右が皇太子のものだった。

雪梅はその日冊立の式典のリハーサルに訪れていたが、後宮をはるかに凌ぐ規模と贅を凝らした造りに息を呑んだ。そして、その日本武道館顔負けの広さにも。

玉座以外には調度品の大壺などが飾られているが、他には椅子もなければテーブルもない。

基本的に、太和殿で腰を下ろせるのは皇帝と皇后、皇太子のみであり、二時間の式典の間中、出席者は王侯貴族も、官吏も、宦官も、すべて起立することになる。

とたんに背筋がぞくりとする。

(私にそんなにたくさんの人を立たせるような器があるの?)

今更のように恐れ戦く雪梅の肩を、不意に何者かがそっと抱き寄せた。

「雪梅、何があった」

「陛下……」

康熙の黄金色の眼差しが雪梅を捉える。

不思議と見つめ合うだけで心が落ち着いた。

「いいえ、なんでもありません」

(私はもう陛下を支えていくって決めたの)

なのに、なぜだろう。思い合った人の妻になれるというのに、心のどこかに何か忘れ物をしたような気がしていた。

(……阿白)

そう、阿白だ。

今頃初恋の少年はどこで何をしているのか。自分が幸福であるからこそ、阿白の現状が気になった。

(元気かしら? 幸せに……しているのかしら?)

遠い目をしていたのだろうか。康熙がまた首を傾げる。

「今日のお前は心ここにあらずと言った感じだな。体調が悪いのか? なら、日を改めるが」

「もっ……申し訳ございません。ちょっと寝不足で」

「ふむ」

康熙は柱の陰に雪梅を連れて行くと、そっと白い額にみずからのそれを当てた。

「へ、陛下……」

「熱はないな。頭痛は？」

「は、はい。大丈夫です」

「では、流感というわけではないな」

続いて、紅の塗られた唇に口付けを落とす。

「へっ……陛下……」

紅が移ってしまうと慌てたが、康熙はキスを繰り返した。

「今日の香は藤か？」

「は、はい……んっ」

「よく似合っている」

唇から頬に、瞼に、最後にまた唇に――背筋から熱が立ち上り、脳髄が溶けそうに熱くなる。

「あ……陛下」

「なるほど、寝不足のようだな。……それは私のせいか？」

「……」

昨夜、青龍宮に康熙のお渡りがあり、甘く情熱的な一夜を過ごした。おかげで、確かに寝不足にはなっており、クマを化粧で隠していた。

「すまぬな。だが、お前が愛らしいのが悪い」

「……もう」

康熙の胸の中では、いつもの、大食いでがさつな自分が瞬く間に恋する乙女と化してしまう。

身も心も蕩けそうになるだけではない。不思議と皇后になることへの恐れも消え失せ、大丈夫、なんとかなると思えるようになるのだから不思議だった。

すっかり警戒心を解いていたからか、そんな自分たちを柱の陰から、第三の人物が覗き見ていることにも気付かなかった。

「陛下！」

康熙の側近の声が聞こえる。大勢の男性のざわめきも。参加者たちが集合したのだろう。

「そろそろお時間です。慮貴妃様もこちらへどうぞ」

康熙と雪梅が姿を現した途端、皆が一斉に視線を向け、拱手で敬意を示した。

「皇帝陛下、および慮貴妃様にはご機嫌麗しゅう」

ふと、縦に横にとずらりと並ぶ参加者の中に、一際目立つ銀髪を見つける。

（聖明様……）

さすがに遊び人スタイルを改め、濃紺の上衣下裳式の礼服を身にまとっている。そうすると、やはり公子の高貴さがあった。

「……？」

思わず目を瞬かせる。聖明の姿に、よく知る誰かが重なった気がしたからだ。

だが、その面影は係員の官吏に話し掛けられ霧散してしまった。

「慮貴妃様、それでは、銅鑼が鳴らされたのち、音楽に合わせて段上に上っていただけますか」

「あっ、はい」

一体先ほどの感覚はなんだと戸惑う。

胸のモヤモヤは予行演習が終了しても続いた。

(聖明様とはいつもこうだわ)

何か掴みかけるたびに遠ざかってしまう。

康熙は係員の官吏とまだ打ち合わせをしている。

自分にもう用事はなさそうなので、「先に戻っていますね」と頭を下げた。一人でゆっくり考えたくて、付き添いの宮女に先に行くよう命じておく。

太和殿から後宮までは屋根付きの廊下で接続されている。

雪梅は途中立ち止まり、ふと足下に目を落とした。

(一体何が引っかかっているの?)

あと少しで掴めそうで掴めない。その何かが自分にとって重要な、大切なものであることだけはわかった。

「――小梅」

不意に名を呼ばれて振り返り、すぐに、変える前の名を呼ばれたのだと気付いた。

「えっ……」

名を呼んだその人の顔を確認して一瞬声を失う。

「聖明様……？」

雪梅の前の名を知る者は康熙、後宮を管轄する宦官、尚宮局の女官や上司、婉児くらいだ。たいした情報でもないので、逆に誰かが漏らすとも思えない。

だから、なぜ聖明がその名を知っているのかと驚いた。

「……やっぱり君だったのか」

聖明は深い溜め息を吐いた。そこに、軽薄さは微塵もない。

「ずっと捜していたよ。まさか、君が陛下の後宮に入っていたなんて」

脳裏で散らばっていた思い出の欠片が、違和感に寄せ集められ、やがて一人の少年の姿を成した。

瑠璃色の髪に憂いを宿した黄金色の瞳。すでに悲しみや諦めを知っている少年のものだった。

『僕が成人したら、結婚してくれないか』

まさか、そんなと思わず首を横に振る。

『君と一緒にいると……ずっと帰りたかったところに帰ったみたいに安心できる』

目の前にいる公子は瞳の色こそ同じだが、髪の色がまったく違うではないか。そうだ、この悪ふざけの好きな公子のことだから、自分をからかおうとしているに違いない。

康熙と同じ色の黄金色の瞳が雪梅を捉える。

「相変わらず食いしん坊なのかい？　下町にいた頃は鍋一杯の粟粥を平らげていたよね」

「……っ」

そんな過去は阿白しか知らない。康熙にすら語ったことがなかった。

「阿白……。本当に白ちゃんなの？」

なぜ瑠璃色だった髪が銀髪になっているのか。

「……俺の噂はもう知っているだろう」

粛清された劉一族の血を引き、廃妃となった前皇后の公子。政変後に一族を皆殺しにされたのち、遠方の僻地に流刑にされたと聞いている。

阿白は——聖明は結い上げた銀色の髪をぐしゃりと掴んだ。

「祖父と祖母、叔父上、叔母上、従兄弟たちを目の前で殺されてね……」

その後捕らえられ、子どもにもかかわらず投獄されたのだが、たった一夜で色が抜け、銀髪になってしまったのだという。

身内を殺された精神的ショックが原因だった。しかも、劉一族抹殺を命じたのは、実の父の皇帝なのだから救われない。

「そう、だったの……」

「それから何年流刑地にいたかな」

聖明は当時の暮らしを詳しく語ろうとはしなかった。思い出すだけでも辛く苦しい日々だったのだろう。

「五年前、陛下の許しが出てやっと都に戻れることになって、すぐに君を捜しに行ったんだ。……会いたかったから」

――約束したから。

ところが、雪梅はすでに長屋にいなかった。手を尽くして行方を追い、紅梅楼に売り飛ばされたところまでは突き止めた。だが、そこから先が杳として知れない。

「まさか、こんなところにいたなんて」

「阿白……」

阿白が見つけられなかったのは当然だろう。紅梅楼の女将には何も言わずに逃げ出したのだから。しかも、後宮に来てからはすぐに名を変えている。雪梅と小梅が同一人物だとわかるはずがない。

雪梅は息を呑んで聖明を見つめた。様々な思いが胸中に渦巻いている。

きっと聖明もそうなのだろう。唇を噛み締め、拳を握り締めて雪梅から目を逸らさなかった。

「阿白……」

やっと小刻みに震えているが声が出せた。

「……よかった」

第一声がそれだった。

思わず歩み寄り顔を覆って嗚咽を漏らす。

「生きていたのね、よかった……」

元始天尊の絵姿は新しく買い直し、今でも枕元に貼り付けている。

だが、康熙にすらその真の理由を教えることはなかった。阿白は自分だけの思い出にしておきたかったのだ。誰とも共有したくなかった。

「……止めてくれ」

阿白が苦しげに唸る。

「そんな風に泣かれると、抱き締めたくなる」

はっと息を呑んで阿白を見上げる。

「俺は君を……一時も忘れたことはなかった」

迎えに行くつもりだったと呟く。

「だけど、君は違ったんだな」

雪梅は違うと反論しようとして口を噤んだ。

(だって、私に何が言えるの?)

確かに約束を破ってしまっており、すでに康熙を愛してしまっている。それどころか現在貴妃となり、近い将来皇后になる身なのだ。

何も言えずにその場に立ち尽くすしかない。思わず「ごめんなさい」と謝ろうとしたところで、先手を打って言葉を遮られた。

「謝らないでくれ。余計に惨めになる」

阿白は身を翻し、呆然とする雪梅を残し、大股でその場をあとにした。

苦い思いが胸に押し寄せる。

(聖明様が……阿白だったなんて……)

だが、思えばヒントはいくつもあった。

康熙に似ているのも当然だった。二人は血を分けた兄弟なのだから。

(私、どうすれば……)

雪梅は足下に目を落とし、どうにもならないのだと唇を噛み締めた。

(私も阿白ももうあの頃みたいに、無邪気にはしゃげる子どもじゃない)

互いに色々なものを背負いすぎている。そして、小梅にはもうその荷物を下ろすつもりはなかった。


冊立の式典まであと一週間。

雪梅の暮らす青龍宮には、自分以外の四夫人を始めとして、妃たちが代わる代わる祝いの言葉を述べに挨拶に訪れた。

趙徳妃もその一人だった。

「慮貴妃様、このたびの皇后冊立おめでとうございます」

つい最近まで四夫人の一人と宮女の関係だったのに、途端に頭を下げられる立場になり、なんとも言えない気分になる。

だが、趙徳妃は気にもならないらしい。表情にまったく変化はなく、その理由はきっと、康熙を愛していないからだろう。

いつかの趙徳妃のはるか彼方を見るような表情を思い出す。

『私の心は夫と娘のもとに……胡の国にあるの』

康熙はいつか胡人の夫と娘のもとに帰してやるつもりだと言っていたが、それは一体いつのことになるのだろうか。少なくとも、この二、三年では無理だろう。十年後か、二十年後か、彼女が生きているうちにあり得ることなのか。

趙徳妃の優美な背を見送りながら、青龍宮でもっとも豪奢な一室である応接間を見回す。

(後宮は大きな鳥籠なのね)

ここに暮らす女たちは皆籠の鳥だ。じっとしていれば餌を与えられ、羽の手入れもしてもらえる。だが、世話をしてくれる主人に何かあれば運命をともにするしかない。

(どうか趙徳妃様が解放される日が一日でも早く訪れますように)

雪梅には祈ることしかできなかった。

まだ冊立されていない以上雪梅の身分は貴妃であり、後宮を勝手に出ることは許されない。

だが、蔵書楼の文深閣だけは自由な入場を許されていた。

もう男装しろとは言われないのだが、現在のところ文深閣に頻繁に出入りする女は雪梅しかいない。目立ちたくはないので、やはり官吏向けの胡服で男装し、現在読み進めている歴史書を借りに行った。

文深閣は週末だからか人の出入りが多かった。康煕の来訪がない限りは土、日には閉館されるからだろう。

途中、官吏や貴族らしき男とすれ違ったが、皆女がいること自体想定していないようで、雪梅を女と疑って振り返りすらしなかった。

棚に収められていた歴史書をまとめて十冊取り出し、護衛に「これ、持って外で待っていて」と預ける。

「盧貴妃様は……」

「まだ五巻ほど借りたい書物があるの。すぐに行くから待っていて」

目当ての書物を手に入れ、久々に足取りが弾む。だが、そのウキウキ気分も、耳に届いた話し声に、途端に掻き消されてしまった。

「それでは、手はずは整えておく」

——聖明の声だった。

一体誰と話しているのだろう。

棚の陰から恐る恐る覗いてみると、予行演習の際前列で見かけた顔だった。

（あの鬚《ひげ》のおじさんは確か……）

そう、趙秀文──趙徳妃の父親だった。

（どうしてあの二人が話し合っているの？）

聖明は将来性のない公子でお飾りの禁軍将軍。趙秀文は宮廷に出入りする高級官僚で文官の一人だ。

一体、どんな接点があるのかと首を傾げた。年の離れた友人には見えない。不穏なものを感じ取り、聞き耳を立ててしまう。

「なんじゃ、あの二人は。いかにも怪しいのう」

「ええ、そうですね。一体何を話し合っているのでしょうか」

「わらわは口の動きが読めるゆえ。ふむふむ、禁城のカイチクヒヨウのヨサンの一部をチョロまかせと吐かしておるぞ」

「えっ、それって横領じゃないですか……って、鈴麗様⁉」

腰の位置にある赤毛の包子頭にようやく気付き、危うく口から心臓が飛び出そうになった。

「しーっ！　バレてしまうではないか」

「い、いや、だってですね……」

鈴麗は河淑妃。貴妃に次ぐ位の側室だ。いくら幼く、今年には珀国に帰国する身とはいえ、規則で後宮から外に出られない。雪梅が自由に出入りできるのは皇后の地位を約束されているからだ。

「鈴麗様、外に出ては……」

「かたいことを言うではない。わらわも帰国前に一度文深閣に来てみたかったのじゃ。珀国にもいずれこの規模の蔵書楼を設けたいからのう。見学じゃ、見学」

「もう……」

それにしても、あの警備の厳しい後宮からどうやって抜け出してきたのかと不思議だった。

「あの男、鬘ヅラの方じゃ」

「趙秀文様がどうかされましたか」

「頭上に黒いもやがかかっておる」

鈴麗曰く、よからぬことを企む者の頭上には、濁った霧のようなものが見えるのだという。

「まあ、宮廷には珍しくないが。後宮の妃、宮女、下女にもゴロゴロおるわ。邪念を抱かぬ人間などおらぬからな。あっ、でも、雪梅には一度も見たことがない」

雪梅はよからぬことと聞いて、聖明はなぜそんな趙秀文とこそこそ立ち話をしているのか、何かに巻き込まれているのではないかと気になった。

「聖明様の唇は読めますか?」と鈴麗の耳元に囁く。

「ああ、もちろん。ケッコウはサクリツのトウジツだと言っている」

決行とは一体何をどう決行するつもりなのか——不吉な予感に背筋がゾクリとした。

「……鈴麗様、この件については陛下には黙っておいていただけますか」

「ああ、構わぬ。ムフフ、二人だけの秘密じゃな！」

鈴麗はこうした約束を破ったことがない。雪梅はほっと胸を撫で下ろす一方で、聖明の言動に危ういものを覚えた。

聖明はただでさえ粛清された劉一族の生き残りであり、廃妃腹の公子という不安定な立場だ。少しでも康熙や現王朝に叛意を示せば、殺された身内と同じ目に遭うに違いない。なのに、なぜと唇を噛み締める。

（お願い、阿白、道を誤らないで）

すでに生涯をともにすることはできないが、それでも阿白は雪梅にとって大切な幼馴染みだった。紅梅楼での日々を凌げたのも、彼との思い出があったからだ。

もし、叛意があるのなら思い止まってほしかったし、明るみに出てほしくはなかった。

（確かめなくちゃ……）

拳を握り締める。

確かめて、疑惑が確信に変わるのだとすれば、身を挺してでも阿白を止めなければならなかった。

雪梅はその後康熙に頼み込み、禁城の改築と禁軍の予算の帳簿を取り寄せてもらった。

康熙も雪梅が数字と経理愛好家と知っていたので、特に疑いもしなかったらしい。数日掛けて膨大な量の書類を取り寄せてくれた。その量たるや青龍宮の寝室を埋めんばかりだった。

なぜなら、禁城内には数多くの宮殿があり、一年中どこかしらを修繕、改築している。それゆえ、たった三年分でも金の出入りは頻繁にあった。

雪梅は三日掛けて夜も徹して書類を読み込み、八日目の朝に目の下にクマを浮かべつつ、「……あった」と改竄《かいざん》のあとを指でなぞった。

半年前から三ヶ月前に掛けて、鏡明湖の屋根付橋が増築されている。その建築資材の金の動きにいくつか不審な点があった。

後宮も禁城の一部。最高級の木材を使用するべきなのに、直前になって、入手できなかったからと質の劣るものに変更されている。

(この差額はどこに消えたの？)

続いて、禁軍の予算を確認して息を呑む。やはり半年前からつい一週間前にかけて、逆に金が流れ込んだ痕跡があったからだ。大量の武器――弓矢に槍、兵糧が購入されている。

(一体なんのために？)

豊かな大焔帝国はその長い歴史の中で、たびたび夷狄に侵略されている。そのため、軍事費の中でも防衛費は莫大なものになるが、この五十年は平和が続いている。同盟国が戦争中で支援に向かう話も聞いていない。

それだけに、この金の動きはおかしかった。

(この武器で何をしようとしているの)

まるで戦争を仕掛けようとしているようではないかとはっとした途端、背筋がゾクリとして書類を手にしたまま凍り付く。

(阿白、まさか……)

趙徳妃の父の趙秀文は娘を皇后にし、男児が誕生した暁には、外戚になろうと躍起になっていたと聞く。

なのに、康煕は有力貴族の台頭を警戒し、趙徳妃どころかどの妃のもとにも通おうとしない。

そんな中で宮女上がりの自分が河淑妃——鈴麗の実家と養子縁組し、貴妃に立てられただけではない。冊立までされると耳にし、次に一体どのような行動を取ろうとするのか。

思わず机に手をつき立ち上がる。

(阿白……お願い。早まらないで)

もし想像通りなのだとすれば、是が非でも聖明を止めなければならなかった。

聖明が阿白と名乗っていた頃、書物が大好きだと語ったことがあった。

『歴史書が一番好きだな。読んでいてワクワクするよ』

正史もいいが、物語要素のある方が好きだとも。

『小梅は本は好き？　どんな物語が好き？』

『う〜ん、本は食べられないから……。あっ、でも、高く売れそうね』

『あはは、小梅らしいね。今度持ってきてあげるから読んでみなよ』

——絶対に面白いから。

今思えば文深閣の歴史書の棚の近くでよく聖明を見かけた。書物の好みはあの頃のままなのかもしれない。

離れ離れになって何年も経って、確かに自分たちは変わった。だが、変わらないところもあるはずだ。

小梅はそれを信じて文深閣で聖明が訪れるのを待った。

ふと、阿白の愛読書だった歴史物語の書物が目に入る。しかし、棚の一番上にあり、うんと背と手を伸ばしたが届かない。

（後少し……）

「なんだ、また取れないのか？」

ギクリとして振り返る。

聖明が笑いながら立っていた。相変わらず直領半臂に交領衫のチャラい服装だ。長い銀髪は下ろしたままにしている。

「ほら」

聖明は書物を手に取り小梅に渡した。

「小梅、好み変わったのか？　昔は書物なんて読まなかっただろう」

「……」

この時を待っていた。

「阿白、話があるの」

「何？　もしかして愛の告白？　参ったなあ。陛下の妃に手を出したら、俺反逆罪で逮捕されちゃうよ」

ふざけた口調だったが、黄金色の瞳は笑っていなかった。

この時間帯の文深閣は人の出入りが少ない。説得するなら今しかなかった。

「……阿白、私の勘違いだったらごめんなさい」

手渡された書物を胸に抱き締める。

「あなた、趙秀文と何を企んでいるの？」

まさか、今度は自分が政変を起こそうとしているのか。康熙を廃して皇帝として即位しようとしているのか。そして恐らく、趙秀文は趙徳妃を皇后にすれば、聖明のクーデターに協力すると申し出ているのではないか。そう考えれば辻褄が合った。

顔を上げて黄金色の瞳を真っ直ぐに見つめる。

「お願い。今なら引き返せる。何もしないで」

聖明は何も言わない。眉をわずかに動かしただけだった。

「阿白、私、あなたをまた失いたくないの。ただ待つだけの日々は本当に辛かった。でも、死んでしまったら待つことすらできないのよ。生きてさえいれば、また友だちになって笑い合える日が来るかもしれないでしょう？」

雪梅は誰よりも最後の言葉の意味を理解していた。

聖明との一メートルの狭間に沈黙が落ちる。

「なあ、小梅」

聖明がようやく口を開いた。自分たちの間に差し込む西日に目を落とす。焔ではまだガラス戸が開発されておらず、その温かさを直に感じ取ることができた。

「このまま二人で遠くに逃げないか」

今度は雪梅が答えられなかった。

「俺、流刑先で労働にも家事にも、質素な生活に慣れたから、多分今なら下町でも生きていけると思うんだ。贅沢はさせてやれないけど、雪梅を食わせていくことくらいはできる。もちろん、白いご飯をお腹一杯食べさせてやるよ」

あの頃に戻りたいなと目を細める。

「お祖父様と父上はあの通りで、母はいつも泣いてばかりで……だけど、君に会えさえすればそれでよかった。それだけで毎日が輝いていたよ」

雪梅の胸の奥がズキリと痛む。その痛みに耐え切れずに、目の奥から熱いものが込み上げてきた。

「……ごめんなさい」

あなたを待てなくて、約束を守れなくてごめんなさい。申し訳なさすぎて辛い。

それでも、一緒に行くとは言えなかった。康熙とともにこの地獄を生き抜くと約束したから。

「私、あなたとは行けない。陛下を……見捨てられない」

やはり兄弟。二人はどこか似ていると思う。

康熙は大勢の臣下に取り巻かれ、崇拝されているが、見下ろす対象しかなく誰も信用できずに孤独だ。聖明は愛する者を奪われ続け、やはり孤独に生きてきた。

「ごめんなさい……」

聖明は泣き続ける雪梅を見下ろしていたが、やがて、肩を竦めて「冗談だよ」と笑った。

「まさか、本気にしちゃった?」

「阿白……」

「阿白じゃない。聖明だ」

身を翻して背を向ける。

「だけど、心配してくれてありがとう。……嬉しかった」

そうぽつりと告げる。

雪梅は遠ざかるその姿を追い掛けられなかった。そんな資格があるはずがなかった。

それから三日後の夜、康熙が青龍宮を訪れた。

もうじき冊立の式典が執り行われ、雪梅は立后されて康熙の伴侶となる。その日を待ちかねていると微笑んだ。

康熙は寝台に腰掛けた雪梅の肩をそっと抱き寄せた。

「今宵の雪梅は特に美しく見える」

「前もそうおっしゃっていましたよ」

「毎夜そう思うのだから仕方がないだろう」

「……もう」

苦笑しながら口付けを受ける。だが、いつもと違ってその夜は幼い頃の阿白の顔ばかりが思い浮かんだ。

これでは康熙に悪い。

いっそ、趙秀文と聖明との関係、資金の横流しの件を打ち明けてしまおうかとも思ったが、聖明を処刑されるのだけは嫌だった。康熙の聖明に対する思いを把握しきれないのに、そんな危険を冒すことはできない。

康熙は唇を離し雪梅の頬を手の平で覆った。

「雪梅、今夜は心ここにあらずと言った感じだな」

はっとして目を伏せる。

「申し訳……ございません」

康熙は激務の合間を縫って青龍宮を訪れているのにと申し訳なくなる。

「誰か、他の男のことでも考えているのか」

「そんな……」

「それは、聖明か？」

なんの心の準備もないまま言い当てられてギクリとする。

「聖明がお前を見る目は、兄や皇帝の妃に向けるものではない。単に美女に向けるものでもない」

「……」

「お前たちは他人ではないのだな」

雪梅は康熙の眼力に恐れ入り、目を合わせられずに逸らした。

謝罪はできなかった。聖明との過去を認めてしまうことになるし、康熙の方針によっては聖明の命を危険に晒すことになるかもしれない。

ところが、康熙はそれ以上何も尋ねようとしなかった。腰にまで流れ落ちる雪梅の黒髪を弄ぶばかりだ。

「陛下、何もお尋ねにならないのですか？」

「ああ。お前の心は私のものだと知っているから」

また、雪梅と接するうちに、こう思えるようになったのだと言う。

以前は雪梅の謎を謎のままにしておけなかった。すべてを知らなければ気が済まなかったが、それはまだ雪梅を信じていなかったからだという。

「だが、今は雪梅が見せてくれたものだけを信じればいい。そう思えるようになった」

雪梅はすでに人生を預けてくれているのだ。それこそが何より信じていい証だろうと。

「だから、何も言いたくなければそれでいい。まあ、少々嫉妬の虫が疼きはするが」

「……」

その言い方がおかしくて噴き出しそうになる。

「笑うことはないだろう」

「もっ、申し訳ございません。陛下が可愛くて……」

「私が可愛い？」

康熙は心外だと言わんばかりの表情だ。この人にもまだ子どもっぽさがあったのだとまた笑う。

「陛下、女からの可愛いとは最大の賛辞なのですよ」

「そうなのか？」

「ええ。素敵です、好男子ですなどよりよほど信頼ができる言葉です」

腑に落ちない様子の康熙の首に手を回し、思いを言葉に乗せて耳元にそっと囁く。

「陛下、愛しています」

この人なら大丈夫だと心を決める。

(陛下が私を信じてくださるのなら、私も陛下を信じなければ)

そして、三日前の聖明と趙秀文との遣り取り、更に書類の不審点を打ち明けた。

康熙は時折頷きながら話を聞いていたが、やがて「やはりな」と軽く肩を竦めた。

「陛下はすでにご存じだったのでしょうか？」

「ああ。以前から趙秀文が金を横流ししていたのだろう」

趙秀文は戸部――財務事務を管轄する政府機関に所属し、高級官僚として財務の一部を担当している。だから、書類の改竄等は簡単だっただろうと。

「なら、なぜ放っておいて……」

そこまで言いかけてハッとする。

康熙はすでに二人の処分を決めているのではないか。確実な証拠を握るために、捕らえるタイミングを計っているだけなのかもしれない。

(阿白は……大丈夫なの？)

信じるとは決めたものの、やはり不安になってしまう。

「大丈夫だ」

康熙はそう囁きながら雪梅を寝台に押し倒した。艶やかな黒髪がさっと敷布の上に広がる。

「雪梅が心配することは何もない」

「……陛下」

そっと頬に口付けられ雪梅は瞼を閉じるしかなかった。

◆◇◆◇◆

今日はいよいよ皇后冊立の式典の日である。翌日は後宮のみならず禁城中、東陽中で祝祭が開催される予定だった。

雪梅は青龍宮の一室で、この日の式典のためだけに誂えられた、皇后の正装に腕を通した。緋色の絹地に金糸で鳳凰の刺繍の施された衫だ。

髪は高く結い上げられ、金細工の鳳凰の髪飾りを挿される。耳飾り、首飾りも揃いの意匠のもので、淡水真珠があしらわれており、動くたび、風に揺られるたびにしゃらしゃらと涼やかな音を立てた。

化粧の仕上げに唇に赤い紅を引かれる。

「さあ、慮貴妃様、仕上がりました」

化粧係の宮女に促され鏡を見ると、ようやく自分の顔だと認識できるようになった、藤色の瞳の印象的な美貌があった。

すでに康熙も支度を終えている頃だろう。いよいよ立后されるのかと思うと、緊張で全身が引き締まった。

何せ、式典は一度きり。予行演習はできてもやり直しはできないのだから。

「はあ、緊張する」

頬を両手で押さえていると、背後からぽんと肩を叩かれた。

――婉児だった。

「先輩～……」

つい情けない声を出してしまう。

婉児は笑いながら雪梅の背を叩いた。

「虞貴妃様なら大丈夫ですって。ほら、いつもの図太さを見せないと！」

婉児は司簿に所属しているのだが、雪梅たっての頼みで式典が終わるまで、一時的に付き添いの一人にしてもらったのだ。婉児は二つ返事で快く引き受けてくれた。

「あなたがどこにいようと、何になろうと、私もあなたのために尽くすって言ったでしょう?」

「……はい、頑張ります」

仲のいい同性の激励は時に男の愛の囁き以上に心強さを与えてくれるものだ。立場は変わってしまったが、やはり婉児は雪梅にとっては先輩だった。

身支度を終え、婉児を含む複数の宮女に付き添われて太和殿へ向かう。式典の二時間前、これから康熙とともに最終的な打ち合わせを行う予定だった。

太和殿内にはすでに康熙、王侯貴族、官吏が集っていた。

（あら？）

殿中を見回して首を傾げる。

聖明がいない。趙秀文も影も形もなかった。聖明はお飾りの将軍に過ぎないが、両者とも宮廷の要職に就いた人物だというのに。

特に、聖明は病欠なら仕方がないが、それ以外の個人的な理由で欠席するなど許されない。

（一体、どこに……）

ふと、違和感を覚える。

（外が静かすぎない？）

今日の式典は近衛兵たちが警備を担当しているはず。彼らもまた打ち合わせが必要で、多少外が騒がしくなってもいいはずだった。

太和殿の四方向にあるうち、三方向の大扉が一斉に閉められたのは、雪梅が異常を察した直後のこと。

「なっ……」

続いて、近衛兵たちが一斉に雪崩れ込んできたのでぎょっとする。式典に近衛兵たちが乱入する儀式などなかったはずだった。

（まさか……謀反⁉）

神聖な式典を行うために今は武官ですら丸腰である。狙う側なら今しかなかっただろう。

一方、近衛兵たちは皆武装している。鎧を身にまとい、最新式の弓矢、槍、剣を手にし、その刃をこちらに向けていた。

若者ばかりの近衛兵たちの中から一人、見知った男が進み出る。

「趙秀文……」

趙秀文も文官なのに武装している。

（まさか……）

謀反の意志があるのではないかと疑っていたが、よりによって冊立の今日、実行にいたるとは。

それにしても、なぜ近衛兵たちが趙秀文に従っているのか——間もなくその理由を悟って唇を噛み締める。

（阿白、やっぱりあなたは趙秀文と組んで、王朝を乗っ取るつもりだったの？）

雪梅は地を這い、泥を啜ってでも生き延びた、聖明の心境など知るよしもない。

身内を奪われ、後ろ盾をなくし、禁城で汲々と生きる——その心情は後宮の妃と変わりなかっただろう。

聖明を駆り立てるのは怒りなのか、悲しみなのか、雪梅にはわからなかった。

趙秀文が懐から巻物を取り出して広げ、階下で佇む康熙に向かって高らかに読み上げる。

「皇帝陛下に謹んで申し上げます。今この場で退位を。その上で第二公子聖明殿下に譲位の勅命を」

　太和殿内がざわりと動揺した。

「趙秀文は何を言っている」

「皇后陛下冊立の式典で譲位だと⁉」

　趙秀文は「あまり私を舐められない方がいい」と康熙を睨み付けた。近衛兵たちによりすべての禁城の門は閉ざされ、康熙も雪梅も袋の鼠の状態だと。禁城の宮殿の一部には火を放ったとも宣言した。

「この場で要求通りにされるのなら、そこの女ともども命ばかりはお助けいたします。ですが、逆らえばすべてを失うことになるでしょう」

　そこの女とは雪梅を意味するのだろう。

　それまで不気味なほどに冷静で、無表情だった康熙の眉がピクリと動いた。

「なるほど。この機に乗じて聖明を皇帝に押し上げ、趙徳妃を皇后に仕立て上げるつもりか」

「なっ……」

　趙徳妃の事情を知る雪梅は、ぎょっとして目を向けた。

　趙徳妃は泣く泣く後宮入りした妃だ。そうした女は少なくはないが、彼女の場合は恋人との間に娘まで産んでいる。なのに、その事実を隠蔽して皇后の座に就かせようとは。

　娘を娘とも思わぬどころか、人とも思わず道具扱いする父を持った雪梅は、この世界では政略結婚や縁組みが当然なのだとはすでに知っていた。女に選択肢は一切ないことも。

上流階級の女にとってはそれは義務なのだろう。だが、知っていることと納得することはまったく違う。口を開けて抗議しようとしたのだが、康熙に手を伸ばして止められる。

「陛下、どうして……」

「すぐにわかる」

次の瞬間、閉ざされていたはずの三方の大扉が開いた。

「なっ……」

次々と武装した近衛兵たちが押し入ってくる。趙秀文の手勢よりもはるかに多い。武器や防具は同じだが、皆緋色の布を腕に巻いていた。

趙秀文にも予想外の出来事だったのだろう。何事かと目を見開き、次いで新たな近衛兵たちの一団の先頭に、剣を手にした聖明がいるのを見て目を見開いた。

「殿下……？　なぜここに」

聖明が無言で剣の切っ先を趙秀文に突き付ける。

「もちろん、貴様を捕らえるためだ」

趙秀文はあからさまに混乱している。雪梅も同様に一体何が起きているのかと目を瞬かせた。

「――聖明！」

康熙の低く、重い声が太和殿内に響き渡る。

「趙秀文、および賊軍を捕らえよ！」

「はっ！」

聖明が間髪容れずに応じた。

予想外の事態に賊軍は混乱し、ほとんどの兵士は物量で敵わないと見て、唯一開いていた大扉から逃げだそうとしていた。

ところが、大扉はすでに外から閉じられており逃げ場はない。あとは聖明率いる近衛軍の一方的な狩り場となった。

とはいえ、腕に覚えのある者は応戦しようとしている。

ところが、武器の様子がおかしい。剣であれば近衛軍の兵士と斬り合いになった途端、すぐに刃こぼれして使い物にならなくなる。弓も引くなり弦部分が伸び、矢はヘロヘロと床に落ちた。

これでは戦いにもならない。

結局、賊軍は一時間も経たぬ間に全員が捕らえられ、太和殿から引っ立てられていった。その中にはもちろん、趙秀文もいた。

「一体、何が……」

雪梅は目の前で起きた事件を把握できず、呆然とその場に立ち尽くしていたが、「雪梅」と名を呼ばれ我に返る。

「陛下、阿白……いいえ、聖明殿下は何をなされたのです？」

「聖明は囮だ」

康熙は語る。

前皇帝が亡くなったのちに聖明を禁城に呼び戻したのは、彼を撒き餌として宮廷内に蔓延る有力貴族――それも、前皇帝時代から汚職に手を染めていた者を、誘き寄せ、狙い撃ちにするつもりだったのだと。

その筆頭にいたのが趙秀文だった。

趙秀文は当初娘の趙徳妃を後宮に入れ、寵愛を得ることで政治の実権を握ろうとしていたが、康熙は趙徳妃どころかどの妃のもとにも通おうとしない。

そうこうする間に汚職の証拠を同僚の一人に握られ、見逃すことはできないので、自首しろと勧められたのだという。みずから罪を告白すれば、趙秀文はただでは済まないが、その首一つで済んで一族郎党は助かるだろうと。

だが、趙秀文はその要求を突っぱねた。脅迫と見なしてその同僚を暗殺してしまったのである。

それでも、趙秀文は疑心暗鬼に駆られた。

同僚はすでに康熙に密告しているのではないか。ならば、いずれにせよ自分は失脚するどころではなくなる。いっそ前皇帝のように政変を起こし、王朝を乗っ取ってしまおうと計画したのだ。

しかし、政変を起こすには大義名分がなくてはならない。そこで、宮廷で飼い殺しにされ、腐っているだろうと思われた聖明を誘惑した。

――そもそも、あなたは正統性のある皇太子だったのだ。なのに、弱小貴族腹の異母兄を認められるのか。

聖明はその誘いに乗った――演技をした。

近衛軍の一部の顔ぶれを趙秀文の私兵と入れ替え、軍資金と称して横領された金子を受け取り、武具や防具を更新したように見せかけた。実際にはそれらのすべてはなまくら以下の粗悪品だったのだが。

「聖明とは幼い頃遊んだ仲だ。……兄弟である前に友だった」

喧嘩などしたこともなかったと康熙は呟いた。だから、遠方の地で朽ち果てるのは忍びなかったと。

「私は今一度都に戻りたいのなら、忠誠心を示して見せろと言った。そうすることで生き延びてほしいと」

聖明は康熙の要求を呑み東陽に帰還。謁見の際、康熙はよく戻ったと労った。

一方、聖明は康熙の言葉に平伏しながらこう答えたのだという。

『会いたい人が……無事を確認したい人がいるのです。無事でさえあればもうそれだけでいい』

「……っ」

雪梅は思わず口を押さえた。

(阿白……阿白は約束を破っても、裏切ってもいなかった)

自分を案じ、そのためだけにどのような不利な立場でも受け入れた。恐らく、軽薄な公子を演じたのも周囲を油断させるための演技だったのだろう。

熱い思いが胸から込み上げてくる。だが、ぐっと抑えて顔を上げた。

「陛下、式典は決行するのですね」

「ああ、もちろんだ」

康熙にとっては趙秀文の事件すら今日の予定の一部だったのだろう。

雪梅は誰もが見惚れる笑みを浮かべた。

「陛下、無事終わらせましょうね」

阿白のためにもとは言わなかった。


建和《けんわ》五年の初夏、盧氏が立后され、十年ぶりに皇后の空席が埋まった。

その日から三日三晩、東陽は文字通りのお祭り騒ぎとなり、王侯貴族や民の誰もが焔国の繁栄と、皇帝、皇后の長寿、王朝の存続を祈った。

「大焔帝国万歳！　万歳！」

「皇帝陛下、皇后陛下の御代に栄えあれ！」

夜が更け、星が空を覆っても街のあちらこちらから焔国と皇帝夫妻を讃える声が聞こえ、その声の一部は雪梅の耳にも届いた。

雪梅は民がこうして素直に祝福してくれるのも、康熙が前皇帝の政変以降懸命に宮廷を立て直し、奸臣を排除し、治世の安定に努めようとしたからだと知っていた。

これからは自分が隣に立ち、その重荷の半分を肩代わりするのだとも。

その夜の祝宴でももちろんずっと隣にいたのだが、康熙が臣下と会話に興じるのを見計らい、そっと会場を抜け出した。

宴会会場の屋根付き廊下からは後宮とは一風違う庭園を楽しめる。

宮后苑はデザイン化され、人工的なものを感じるが、こちらは自然をそのまま再現しようとしているように見えた。草も無理に刈り取られておらず、鈴虫やコオロギの声が聞こえて風情がある。

現在の庭園造営で流行しているのだろうか。やはり人工湖は設けられていたが、以前のように恐ろしいとは感じなかった。会場の灯籠の灯りを受けて淡く光る白い蓮の花も蕾も美しいと思えた。

酒を口にしたからか体が火照っている。涼しい夜風が心地よく、髪を掻き上げた次の瞬間、「小梅」と懐かしい名を呼ばれた。

その名を呼ぶ人はもはやこの世に一人しかいない。

「阿白」

「その名……もう君しか呼んでくれる人はいないな」

阿白も――聖明も同じことを考えていたのだと微笑んだ。

「冊立の式典、立派だったよ。あの跳ねっ返りの小梅が本物の皇后に見えたくらいだ」

「もう、何を言っているのよ。本物の皇后よ」

聖明が噴き出すのと同時に、雪梅も声を上げて笑う。ひとしきり笑い合ったのち、雪梅は目を細めて「ありがとう」と告げた。

「私のことを覚えていてくれて」

「……陛下から聞いたのか？」

聖明は照れ臭そうに無数の星の浮かぶ夜空を仰いだ。前世で美雪が仰ぎ見た東京の夜空とは違い、手を伸ばせば届きそうなほどに星が大きく近かった。

「君にひとつ謝らなければならないことがある」

「なあに？」

「俺が初めて小梅と話したのは、怪我をして倒れていた君を助けた時じゃない。……あれは俺じゃなかったんだ」

想像もしていなかったので驚いた。だが、それだけだった。静かに話の続きを待つ。

「君と仲良くなりたくて嘘を吐いたんだ。きっと君が最初に出会ったのは、俺ではなく兄上……陛下だった」

幼い頃の二人はそっくりだったそうだ。

「……馬鹿ね」

そんなことに罪悪感を覚えていたのかと苦笑する。

「最初に出会ったのが誰であろうと、あの頃の私が好きになったのはあなただったのよ」

聖明の切れ長の目が見開かれる。「そうか」と呟き、足下に目を落として微笑み、何かを吹っ切ったように再び星空を仰いだ。

「最初はさ、本当に小梅の無事を確かめられるだけでよかったんだ」

なのに、生きているとどうしても欲が湧くのが人間なのだろうか。文深閣で再会し、雪梅が小梅なのだと確信した途端、いつかの約束を思い出し、あの時の夢をもう一度見たくなったのだと。

「……君は陛下の妃だったのに。ごめん。困らせたよな」

「ううん、いいの。本当にいいのよ」

お互いに生きていた。雪梅はそれだけで十分だった。

聖明は視線を足下に落とすと、続いて雪梅を真っ直ぐに見つめた。

「小梅……雪梅、いいや、皇后陛下」

その場に跪き拱手の姿勢を取る。

「苦しい時も、病める時も、あなたが心の支えとなって今まで生きて来られました。そして、即位おめでとうございます」

雪梅は阿白と呼ぼうとしてぐっと唇を引き結んだ。

いよいよ聖明との決別なのだ。今度こそ互いに違う道を歩んでいく。

「今後は臣下として、陛下とあなたにお仕えする所存でございます」

「……ありがとう、聖明公子」

聖明は姿勢を正すと今一度頭を下げ、身を翻した。

「……さようなら、小梅」

ぐっと拳を握り締めたが、もう二度と振り返ろうとはしなかった。


冊立の式典から一ヶ月後の夜、雪梅は皇后の住まいと定められている、永楽宮《えいらくぐう》で一夜を過ごした。

寝台の隣にはもちろん康熙が身を横たえている。

「今夜は暑いですね」

「ああ、そうだな。だが裸身ならちょうどいいくらいだ」

康熙は雪梅の裸の肩を抱き寄せ、化粧を落とした素肌の頬にそっと口付けた。

「趙徳妃の処遇が決まった」

冊立の式典での事件のあと、逮捕された趙秀文は公の場で裁かれ、大逆罪で斬首刑に処せられた。

康熙はなるべく血は流したくはなかっただろうが、やはりけじめを付ける必要があったのだろう。

また、一族は財産没収の上、東陽からの追放が決まっている。とはいえ、全員処刑は免れたので、大逆罪を犯した一族への罰としてはむしろ軽い方だった。

趙一族内で最大の問題は、後宮で四夫人の位を与えられていた趙徳妃だった。当初は聖明の母親と同じく、廃妃にした上、東陽からの追放をとの声が上がっていた。

だが、聖明がその声を押し止めた。

追放だけで構わないのではないか。廃妃のレッテルを貼ったところで、前皇帝と同じく有力貴族を押さえきれなかった力不足を、妃一人に押し付けたのだと見なされる。結果、皇帝の名を汚すだけだ。

この言葉には説得力があった。

なお、廃妃にされた皇后や妃は、律令で以降の再婚を生涯禁じられる。相手が外国人だろうと不可能になる。

律令を勉強し、後宮の婚姻制度について把握していた雪梅も聖明の意見を推した。

『陛下の名を一点でも汚すことがあってはなりません。趙一族の名はすべての記録から抹消し、なかったことにしなければなりません』

焔では記録に名を残すことと、面子をもっとも重んじる風潮がある。記録から抹消されることは、特に王侯貴族にとっては屈辱であり、もっとも避けたい罰だった。

結局、雪梅の鶴の一声もあり、皇后の顔を立てるという形で、趙徳妃の名は後宮の記録から抹消。康煕の妃となった事実すらなくなった。

並みの妃であれば耐えられない処遇だっただろう。

だが、雪梅は趙徳妃の心がどこにあるのかを知っていた。

「趙徳妃は着の身着のままで追い出されることになるのですか？」

「ああ、何一つ後宮から持ち出すことは許されない」

趙徳妃はそれをよしとするだろう。鳥籠から飛び立つ小鳥に重荷となる贅沢品は必要ない。新天地へと羽ばたいてゆく羽さえあればいい。

「……陛下、冊立のお祝いに一つお願いしたいことがあります」

「なんだ？　申してみろ」

「胡人の行商人から耳飾りを買いたいのです。なるべく高くて、利益率が高い……」

本当は宝飾品になど興味はなかった。

「懇意にしている胡人の行商人がおりまして、その方を呼び寄せてもよろしいでしょうか？」

康熙はすぐに雪梅の意図に気付いたのだろう。「やっと我が儘を言ってくれたな」と笑った。

「ああ、もちろんだ。すぐにでも呼び寄せよう」

それにしても少々面白くない顔になる。

「陛下、どうなさいました？」

「……いや、聖明と立ち話をしていただろう」

なんと、宴会後のあの遣り取りを目撃されていたらしい。

「聖明が私の知らぬお前の表情を知っているのかと思うと、物わかりのいい男になったことを少々後悔している」

その子どもっぽい一言に胸の奥から愛おしさが込み上げてきた。

「陛下……」

「陛下ではない。康熙だ」

康熙は雪梅の柔らかな体をかたく逞しい胸に包み込んだ。

「この名を呼べる身分の者はもうお前だけになってしまった」

だから、これから何度も、ともに白髪となり、死が二人を分かつまで呼んでほしいのだと。

「ええ、康熙様、もちろんです」

唇と唇が重なる。先ほどまで夜風に吹かれていたからか、康熙の唇も雪梅の唇も冷たく乾いていた。

だが、口付けが繰り返されるたび濡れていく。

「……雪梅」

康熙は薄紅色の唇を舌先でなぞると、ゆっくりと割り開いて口腔に侵入した。

雪梅もそれに応えて舌を差し出す。

「ん……ふ」

二枚の舌が軟体動物の交尾さながらに交じり合う。

「ん、ん……」

ぐちゅぐちゅと粘ついた音が口の中で響き、雪梅はその音と康熙から与えられる熱にうっとりと酔い痴れた。

不意に康熙の唇が離れる。

「あっ……」

物足りなさはすぐに羞恥心へと変化した。

口付けで熱く濡れた唇が雪梅の白い肌を貪る。

「あ……ん」

首筋に噛み付くように口付け、赤い印を残したかと思うと、続いてふっくらとした胸元に顔を埋めた。

「やんっ」

思わず後頭部の髪を掴んで引き離そうとしたのだが、力で敵うはずもない上に、雪梅自身ももっと触れてほしいと望んでいる。

康熙はちゅっと音を立てて肌を吸い上げ、梅の形の浅野近くにもう一つの赤い痕を残した。

「紅梅が二つになったな」

「……っ」

瑠璃色の長い髪が肌に零れ落ちてざわりと粟立つ。更に胸の頂を口に含まれると、今度は体が小刻みに震え出した。

「ん……あっ」

康熙の口の中で乳首がピンと立つのを感じる。ちゅっと吸われるとまだ出もしない乳を吸い出される錯覚がした。

「お前の汗すら甘いな」

康熙が雪梅の平らな腹を撫でる。

「いずれここから生まれる我が子が羨ましい」

大きな手が腹から左胸へと移動し、ふるふるゆれるその塊をぎゅっと握り締める。

「あんっ……」

柔らかな肉に指が食い込む。強めの愛撫にたちまち肌が火照って、左側の乳首もピンと硬く尖った。

「ん……ふ……あっ」

右胸を吸われ、左胸を揉み込まれ、両の乳房を責められる快感に身悶える。

心臓が極限にまで高鳴って、康熙の耳に届くのではないかと思った。

下腹部がズクズクと疼き、内部の一部が熱で溶け、蜜となって淡い茂みを濡らす。

「康熙様……もっと……」

もっと愛してほしくてはしたない懇願をしてしまう。

「お前から求められる日が来るとは……。生き延びてみるものだな」

康熙は体を起こして雪梅の頬を包み込んだ。情欲の炎を宿した黄金色の瞳には雪梅だけが映し出されていた。雪梅の藤色の瞳にも康熙だけが映し出されている。

二人きりの世界で、二人は愛し合う者だけに許された、満ち足り視線を交わし合った。

「康熙様、愛しています……」

「私もだ」

康熙は再び唇を雪梅の肌に落とした。啄むような口付けだった。たわわに揺れる胸から疼く腹に、腹から火照る腿に——。

康熙の膝が足の狭間に割り込む。

「あっ……」

長い指の一本がすでに濡れた花弁に触れる。花心を軽く掻かれると、たちまちぷっくりと立つのと同時に、快感に背が弓なりに仰け反った。

「あ……あ……。康熙様、早くっ……」

広い背に手を回して懇願する。

康熙も今夜は焦らすつもりはないらしい。

蜜口に待ち望んでいた肉の楔があてがわれ、ぐっと押し込まれた時には、ひとつになった多幸感に涙が零れ落ちた。

「……雪梅」

康熙が雪梅の目を覗き込む。

「お前は、やはり愛らしい」

大きな手の平が薄紅色に染まった頬を優しく撫でた。

「愛おしい……」

そのまま雪梅に覆い被さる。康熙は身を沈めたまましばし動かなかった。

「康熙様……」

雪梅も愛おしさに康熙を抱く腕に力を込める。

「永久にこのままでいられたらどれほど幸福だろうな……」

だが、男である以上、やはり留まってはいられない——康熙はそう呟き下半身にぐっと力を込めた。

「あっ……」

体の奥への衝撃に康熙の背から手が落ちる。

康熙はその手を素早く敷布に縫い留めた。

「や……あっ」

子壺へと続く扉を押し上げられ身悶える。

「雪梅……」

かと思うとずるりと引き抜かれ、内壁を擦られる得も言われぬ感覚に、雪梅は声にならない声を上げた。

「……っ」

体の中で康熙の分身が熱量と質量を増すのを感じる。

「ひっ……」

最奥を何度も小突かれると、どちらのものなのかコリッとした感触がして、全身がぶるぶると痙攣し、喉の奥から限界まで熱せられた吐息が吐き出された。

「ひぅっ……」

吸い込む間もなく唇を康熙のそれで塞がれてしまう。

「ん、んっ……」

息苦しさに耐え康熙に縋り付くと、康熙は吐き出した熱い息を与えてくれた。

「ん……ふ」

同じ熱さの舌が雪梅のそれを絡め取る。

（もっと……康熙様がほしい……）

いっそ身も心もどろどろに溶けてひとつになってしまいたかった。

雪梅の思いを感じ取ったのか、康熙がより奥深くに腰を進める。

肌が隙間なく密着し心地よかった。

「雪梅……」

康熙は唇を離して雪梅を見下ろした。二人を繋いでいた唾液の糸がぷつりと切れる。同時に康熙は雪梅の腰に手を回した。

「愛している」

私もだと答える間もなく力強い抽送が再開される。

「あっ……あんっ……」

康熙の愛欲が体内を出入りする感覚に意識が押し流される。

内壁が激しく擦られ、とろりと蜜となって溶け出し、繋がる箇所でぐちゅぐちゅと泡立った。

「あっ……はっ。うあっ」

体を深々と肉の楔に貫かれるたび、下腹部から脳髄に雷が走る。

「ああっ……。康熙様……」

激しく求められ、貪られる感覚に、雪梅は首を横に振って身悶えた。涙がそのたびに跳ねて敷布を濡らす。

「あ、あっ……私、もう……」

何も考えられなくなり、視界が徐々に白い光に覆われていく。

康熙が最奥を突いた次の瞬間、体内に熱い飛沫が飛び散るのと同時に、目の前に黄金色の火花が散った。

「あ……あっ」

背筋を限界にまで仰け反らせる。

「ああ……」

緊張から解放されたなよやかな体がたちまち力を失って敷布に沈む。澄んだ藤色の目から水晶のような涙が零れ落ちた。

だるく、今にも眠りに落ちてしまいそうだったが、その前にと雪梅は唇を開いた。

「私も、愛しています……」

康熙の首に手を回し引き寄せる。

もう二度と失うことのないその温もりを、雪梅はあらためて深く胸に抱き締めた。

あとがき

はじめまして、あるいはこんにちは。東 万里央です。

このたびは「転生崖っぷち宮女はクールな絶倫皇帝の溺愛花嫁になりました 陛下、独占欲がだだ漏れです！」をお手に取っていただき、まことにありがとうございます。

初の中華風でしたがいかがでしたでしょうか。古代の唐と宋のいいとこ取りのイメージで執筆しました！


担当編集者様には大変お世話になりました。おかげさまで無事書き上げることができました。

挿絵を描いてくださったすずくらはる先生。眼福の表紙をありがとうございます！　衣装も雰囲気もすてきでうっとりしてしまいました……。

また、デザイナー様、校正様他、この作品を出版するにあたり、お世話になったすべての皆様に御礼申し上げます。

世界はまだ何かと不穏ですが、一刻も早く平和な日々が訪れることを願って……。それでは、またいつかどこかでお会いできますように！

東 万里央

ガブリエラブックスをお買い上げいただきありがとうございます。
東 万里央先生・すずくら はる先生へのファンレターはこちらへお送りください。

〒110-0016 東京都台東区台東4-27-5（株）メディアソフト
ガブリエラブックス編集部気付 東 万里央先生／すずくら はる先生 宛

gabriella books

MGB-085

転生崖っぷち宮女はクールな絶倫皇帝の溺愛花嫁になりました 陛下、独占欲がだだ漏れです！

2023年5月15日 第1刷発行

著 者　東《あずま》 万《ま》里《り》央《お》

装 画　すずくら はる

発行人　日向晶

発 行　株式会社メディアソフト
〒110-0016
東京都台東区台東4-27-5
TEL：03-5688-7559　FAX：03-5688-3512
http://www.media-soft.biz/

発 売　株式会社三交社
〒110-0015
東京都台東区東上野1-7-15
ヒューリック東上野一丁目ビル3階
TEL：03-5826-4424　FAX：03-5826-4425
http://www.sanko-sha.com/

印 刷　中央精版印刷株式会社

装 丁　小石川ふに（deconeco）

組 版　大塚雅章（softmachine）

ISBN 978-4-8155-4311-2